KB273449

알함브라 궁전으로 가는 길

알함브라 궁전으로
가는 길

처음 찍은날 | 2013년 10월 10일
처음 펴낸날 | 2013년 10월 17일
지은이 | 김용원
펴낸이 | 정세민
펴낸곳 | ㈜크레용하우스
기획 | 서정 Agency (www.seojeongcg.com)
출판등록 | 제5-80호
주소 | 서울 광진구 구의동 58-8
전화 | (02)3436-1711
팩스 | (02)3436-1410
홈페이지 | www.crayonhouse.co.kr
이메일 | crayon@crayonhouse.co.kr

글 ⓒ 김용원 2013

ISBN 978-89-5547-328-5 43810

이 도서의 국립중앙도서관 출판시도서목록(CIP)은 서지정보유통지원시스템 홈페이지(http://seoji.nl.go.kr)와
국가자료공동목록시스템(http://www.nl.go.kr/kolisnet)에서 이용하실 수 있습니다.(CIP제어번호: CIP2013019352)

알함브라 궁전으로 가는 길

김용원 글

크레용하우스

작가의 말

장애인들과 인연이 닿아 몇 년 동안 그들에게 힐링 글쓰기와 문예 창작 지도를 해오고 있다. 하루는 그들을 위해 클래식기타로 타레가의 「알함브라 궁전의 추억」을 연주한 적이 있었다. 연주를 끝내고 어땠느냐 물었더니 의외의 대답이 나왔다.

"죽었다 다시 태어나기 전에는 꿈일 뿐이지요."

그랬다. 그들 말대로 손가락 열 개가 온전하지 않는 한 계속되는 트레몰로 주법으로 그 곡을 연주하기란 꿈일 뿐이다. 그 말을 새겨들으면서 그날 내내 나는 가슴이 먹먹했다. 수년 동안 그들에게 글쓰기를 가르치면서 말 그대로 '나와 너'의 존재적 관계가 아니라 '나와 그것'의 소유적 관계였다는 것도 깨닫게 되었다.

그때의 그 먹먹함이, 가슴 저림이, 깨달음이 이 글을 잉태하고 출산하게 만들었다. 우리 모두는 예비 장애인이고, 나아가 적극적 정의를 내리자면 우리는 모두 어딘가 장애를 안고 살고 있다.

그런데도 당장 크게 와 닿지 않는다고 관심조차 두지 않는 경우를 많이 본다.

이 글을 쓰는데 어떤 면에서 모델이 된 분들이 있다. 그분들에게 혹시 누가 됐다면 이 자리를 빌려 양해와 용서를 빌고 싶다. 또한 이 소설의 주인공과 같은 어려움이 있는 장애인 가족들에게 이 책이 조금이라도 더 나은 삶에 도움이 된다면 더할 나위 없이 행복하겠다.

이 책이 나오기까지 고생한 서정에이전시 김준호 대표와 크레용하우스 관계자들께 감사드린다.

김용원

차 례

늘 그래 왔듯이

　은선 누나는 아침부터 주방과 자기 방을 연신 들락거렸다. 은수는 그러는 누나의 속마음을 훤히 읽고 있었다. 누나는 고졸 자격 검정고시를 보고 싶지 않았던 것이다. 누나의 말을 빌면 검정고시를 통과해 봤자 대학에 갈 수도 없고, 그렇다고 취직할 수도 없다고 했다.

　기술을 배우는 것도 문제가 있다고 말했다. 시각 장애인은 안마라도 배울 수 있고 다리가 불편하면 손으로 할 수 있는 일을 하면 되고, 그렇게 다른 장애인들은 뭐라도 할 수 있는 일이 있다고 했다. 그러나 뇌성 마비 장애를 갖고 있는 누나는 어디에서도 제대로 일을 할 수 없다고 했다.

　그렇게 고민하던 누나에게 희망이 보였다. 학교에서 문예 백일장에 나갔는데 누나가 쓴 시가 우수상을 탔던 것이다.

　"글씨 쓰는 건 힘들지만 컴퓨터 자판은 칠 수 있잖아! 그래서 난 결심했어. 시인이 될 거야. 마은선 시인, 파이팅!"

누나가 힘주어 말했다.

은수가 냉장고에서 반찬 그릇들을 내놓고 밥솥에서 밥을 푸느라 달그락거리자 그것이 신호가 되어 기타 소리가 그치고, 방문이 열리고, 아빠가 나왔다. 언제나처럼 아빠는 식탁에만 눈길을 두고 앉아 있었다. 은선 누나 또한 아무 말 없이 멍한 눈으로 은수가 밥을 퍼서 식탁 위에 놓는 것을 보고만 있었다. 어제 먹다 만 미역국을 데웠다. 은수는 국을 퍼서 세 개의 국그릇에 나누어 밥그릇 옆에 놓았다. 은수의 국은 겨우 바닥이 안 보일 양밖에 되지 않았다.

아빠가 먼저 수저를 들었다. 누나도 수저를 들어 먹기 시작했다. 누나는 평소처럼 포크로 반찬을 찍어 먹었다. 젓가락질을 할 수는 있지만, 무척 어줍고, 반찬을 흘리는 경우가 많았다. 누나는 국이 없을 때는 수저로 밥을, 포크로 반찬을 먹었고 국이 있으면 말아 먹었다. 밥과 국을 따로따로 힘들게 떠먹기보다는 국에 밥을 말아 수저로 떠먹는 편이 훨씬 편해서였다.

누나가 밥을 반쯤 먹고 나머지를 국에 말았다. 그날따라 허둥댔다. 복지원 글쓰기 교실에 가기로 한 것 때문에 긴장하고 있는 것이 틀림없었다. 결국 국에 밥을 말다가 국그릇을 엎었다. 누나는 하던 동작을 멈추고 아빠의 얼굴을 살폈다. 아빠는 밥숟갈을 든 채 누나를 노려보다가 끝내 한마디 던졌다.

"입 좀 닦어!"

누나의 입언저리에 밥알과 반찬이 묻어 있었다. 식사 때 심심찮게 볼 수 있는 모습이었다. 손가락에 장애가 있는 아빠나 비장애인 은수도 밥을 먹다 보면 그럴 수 있었다. 다만 누나는 다른 사람보다 조금 심할 뿐이었다. 그런데도 아빠는 얼굴을 일그러뜨리며 화를 냈다. 오늘따라 아빠의 마음이 더욱 뒤틀려 있다는 걸 알 수 있었다.

"학교도 안 마치고 무슨 놈의 시 나부랭이야? 정말 검정고시 안 볼 거야?"

"검정고시 봐야 대학도 못 갈 거고……."

누나는 뒷말을 흐렸다. 아빠의 목소리가 더 커졌다.

"고등학교 졸업장은 있어야지! 그렇게 대충 살 거야? 뭘로, 어떻게 이 험한 세상을?"

누나는 입을 꾹 다물었다.

은수는 조용히 밥만 먹었다.

아빠는 은선 누나를 노려보다가 후딱 밥을 먹어 치우고 휠체어를 밀며 방으로 들어가 버렸다. 싸한 분위기에서도 은수와 은선 누나는 꾸역꾸역 밥을 다 먹었다. 자주 있는 일이라서 이제는 크게 마음이 상하지도 않았다.

늘 그래 왔듯이 누나는 제 방으로 들어가 버리고 은수는 설거지를 했다. 그러고 나서 창고 방으로 들어온 은수는 교복 대신 청바지에 티셔츠를 입고 점퍼를 걸쳤다. 티셔츠에 점퍼, 청바지까지, 모두 얻은 옷이었다.

주방으로 나와 누나를 기다렸다. 안방에서는 트레몰로 기타 연주 소리가 타악기를 두드리는 듯 둔탁하게 들려왔다. 여전히 불규칙한 말발굽 소리였다. 틱 디디디딕 틱 디디디딕…….

밖으로 나섰다.

누나는 춤을 추듯 오른팔을 휘휘 휘두르며 휘청휘청 불안하게 걸었다. 서두를 때 나타나는 누나의 모습이었다. 부축해 주고 싶지만 누나는 그럴 때마다 화를 냈다. 자신은 애기가 아니라는 뜻이었다. 생각 같아서는 장애인 전용 콜택시를 부르고 싶지만, 그럴 처지가 아니었다. 장애인 전용 콜택시 비용은 일반 택시에 비해 훨씬 저렴했지만 살림을 도맡고 있는 은수로서는 그만한 돈도 지출할 수 없었다.

엄마가 가출하자, 아빠는 방에 틀어박혔다. 스페인의 그라나다에 있는 알함브라 궁전 앞에서 타레가의 「알함브라 궁전의 추억」을 연주하겠다는 환상에 더 깊이 빠져 갔다. 누나는 화를 내거나 우는 일로 하루하루를 보냈다. 은수는 학교에 가야 했고, 돌아오면 집안일도 해야 했다. 처음에는 어설펐지만, 하다 보니 이골이 나서 이제는 거의 습관적으로, 기계적으로 살림을 도맡아 하고 있었다.

그런 사정이 아빠 친구 깍두기 아저씨의 입을 통해 알려져 아파트 노인회에서 효자상을 받았고, 한 사회단체에서는 선행상과 바른학생상을, 학교에서는 모범상을 받았다. 그 바람에 주위 사람들이 은수의 행동을 낱낱이 눈여겨보고 있는 것처럼 느껴져 은수는 이제 행동은 물론 말 한마디 섣불리 할 수가 없었다.

시내버스를 세 번 갈아타고 나서야 복지원 앞에 내렸다. 은선 누나가 그 길을 익히려면 적어도 세 번은 같이 와야 할 것 같았다.

복지원 앞에는 장애인 운송 차량이 대여섯 대 서 있었고, 그중 두 대에서 장애를 가진 어린이와 어른이 탄 휠체어가 내려지고 있었다. 모두 뇌성 마비 장애인이었다. 비록 몸은 힘들어 보여도 얼굴에 미소가 감돌았다. 웃을 때는 누나처럼 눈이 초승달 모양으로 바뀌었다.

깡마른 아줌마가 30대쯤으로 보이는 한 장애인을 부축하여 건물로 향하고 있었다. 은수는 그 모습을 보고 있자니 웃음이 나왔다. 그 남자는 아줌마에 비해 엄청 키가 크고 뚱뚱한 편이었는데, 깡마른 아줌마가 남자의 허리띠 고리에 손가락 하나를 걸어 요령 있게 이끌고 있었다. 덩치 큰 남자를 깡마른 아줌마가 손가락 하나로 가볍게 들고 가는 모양이었다.

은수는 사무실에 가서 인사를 하고 안내를 담당하는 직원을 따라 2층으로 올라갔다. 장애가 심한 장애인들은 엘리베이터를 이용할 수밖에 없지만, 은선 누나는 층계로 걸어 올라갈 수 있었다. 조금 힘들어 하기도 했지만 누나의 자존심이고 의지였다.

언젠가 누나가 말했다.

"텔레비전에서 손발을 못 써 혀로 글 쓰는 사람을 봤어. 그때 난 감사했어. 팔다리를 이렇게 쓸 수 있다는 게."

교실 맨 뒷자리에 누나가 앉는 것을 보고, 은수는 문 쪽으로 몸을 돌렸다. 안내해 준 직원을 따라 나오려고 하는데 은선 누나가 옷자락을 잡았다.

"이따 같이 가."

누나가 왔던 길을 혼자 되돌아갈 자신이 없는 모양이었다. 은수가 난감해하며 서 있는데 교실 밖으로 나서던 직원이 걸음을 멈추고 뒤돌아보았다.

은수가 말했다.

"누나가 끝나고 같이 가자는데요?"

직원이 교실 안에 대고 큰 소리로 물었다.

"오늘 처음 온 은선 씨 남동생이 교실에 여러분하고 같이 있어도 되겠어요?"

"예."

모두 다 똑같이 대답했다. 목소리와 발음이 비교적 잘되는 한 형이 덧붙였다.

"동생 귀여워요, 헤헤."

작문 선생님이 곧 교실로 들어왔다. 170센티미터쯤 되는 키에 뚱뚱하지도 마르지도 않은 보통 몸집에 잘생기지도 못생기지도 않은 50대 중반의 남자였다.

"미안해요 여러분! 차가 밀려서 늦었습니다."

한 손을 번쩍 들어 올리며 명랑하게 소리치고는 은선 누나와 은수를 보며 덧붙여 말했다.

"한 분이 새로 오셨다고?"

"예."

누나가 일어서며 대답했다.

"성함이?"

"은선이요, 마은선."

누나가 자기 이름을 대자 작문 선생님은 손을 내밀어 악수를 청했다.

"반가워요, 열심히 해요."

그러면서 눈길이 은수에게 향했다. 누구인가를 묻는 눈치여서 은수가 대꾸했다.

"우리 누나예요. 같이 왔어요."

"오, 동생. 잘 왔어요."

은선 누나까지 모두 여덟 명이었다. 작문 선생님은 가져온 인쇄물을 한 장씩 나누어 주었다. 은선 누나 앞에 마지막 장을 놓으면서 말했다.

"누나랑 같이 봐야겠네."

"네."

은수는 은선 누나 앞에 놓인 인쇄물을 중간쯤에 끌어당겨

놓고 내용을 훑어보았다. 한자로 된 사자성어였다. 속담 풀
이며 해석까지 쓰게 돼 있었다.

"자, 저번에 배운 속담이 무엇이었지요? 고래 싸움에?"

선생님이 묻자,

"새우 등 터진다."

목소리를 잘 낼 수 있는 두세 명이 대답했다.

"사자성어로는?"

"……."

교실이 조용했다. 그때 목이 가늘어 머리가 한쪽으로 기울
어진 깡마른 누나가 가까스로 목소리를 냈다.

"경, 전, 하사요."

"네, 그래요. 역시! 고래 경에 싸울 전, 새우 하에 죽을 사
지요. 배웠으면 집에서 복습을 해야 늡니다."

그러고는 목소리를 다소 높여 물었다.

"그냥 앉아서 뭐만 만들지 말고요?"

작문 선생님의 질문에 한목소리로 대답했다.

"똥!"

그러고는 한동안 모두 낄낄거리며 웃었다.

새로운 속담을 배우고, 지난 시간에 배운 사자성어를 다시

한 번 써 보고 또 새로운 사자성어를 배우는 그런 수업이었다. 은선 누나는 새로운 수업이 익숙지 않아 매우 당황하는 듯했다. 그래서 은수가 대신 답을 써 줬다.

이어 작문 선생님이 지난 시간에 써 낸 글들을 하나하나 설명해 가며 고쳐 주었다. 고친 글은 직접 낭독하게 했다. 여덟 명 중 알아들을 수 있게 목소리를 내는 장애인은 셋밖에 없었다. 하지만 목소리가 나오든 말든 발음이 되든 안 되든, 장애인들은 몸을 비틀면서 힘을 다해 의사 표현을 하려고 애썼다. 그런 면에서 은선 누나는 다른 장애인들보다 훨씬 형편이 나았다. 웬만한 사람이면 누나의 발음을 다 알아들을 수 있었다. 수업을 듣는 장애인 중에 네 명은 목소리마저 제대로 낼 수 없었다.

은수는 눈을 감았다. 몸을 맘대로 쓸 수 있고 모든 게 온전한 자신은 좋은 조건을 가지고도 얼마나 게으름을 피웠던가 하는 생각이 들자 부끄러웠다. 누나가 다니는 학교에 한 번도 와보지 않았던 것이 미안했다. 어떻게 그러고도 효자상을 타고 선행상을 탔단 말인가. 주위 어른들이 착하고 남다른 아이라고 칭찬하는 소리를 듣고 어찌 우쭐했던가.

이어서 국사 수업을 했고, 행복 일기를 쓰는 시간도 있었다. 행복 일기에는 칭찬할 일, 감사한 일, 그리고 행복한 나의 모습을 썼다. 작문 선생님은 은수에게도 백지 한 장을 주면서 같이 쓰라고 했다. 은수는 어쩔 수 없이 양식에 맞춰 썼다.

은수는 먼저 누나에게 문학을 알려 주는 복지원에 대해 썼다. 또 누나가 소리 내어 책을 읽을 수 있어 감사하다고 썼다. 이제 행복한 나의 모습을 쓸 차례였다. 행복한 나의 모습? 은수는 얼마든지 쓸 수 있었다. 엄마가 돌아오고, 아빠가 장애를 인정하고 극복하려는 노력을 보이는 날이 오고. 그러나 그렇게 쓰고 나면 왠지 감춰 뒀던 비밀을 털어놓는 것 같아 싫었다.

은수는 무엇을 쓸지 고민하면서 다른 형과 누나가 쓴 글을 슬쩍 보다가, 갑자기 등에서 소름이 쭉 끼치는 것을 느꼈다. 몇몇 누나와 형은 글씨를 제대로 쓸 수 없을 만큼 장애가 심했다. 몇 분간 이를 부득부득 갈면서 팔을 마구 휘저은 다음에야 겨우 한 글자를 쓰는 형도 있었고 글씨를 쓰긴 썼는데 도저히 알아볼 수 없이 쓴 누나도 있었다. 어떤 누나는 종이에 침을 너무 많이 흘려 반은 젖어 있기도 했다. 그에 비해 은선 누나는 좀 늦어서 그렇지 되레 은수의 글씨보다 또박또

박 잘도 썼다. 그래서 은수는 감사한 일에 한 문장을 덧붙였다.

'심지어 누나는 나보다 글씨도 더 잘 쓴다.'

그리고 은수는 행복한 자신의 모습을 쓰기 위해 눈을 감았다. 언젠가 아빠가 이야기한 장면이 떠올랐다. 가족이 스페인 그라나다에 있는 알함브라 궁전으로 여행을 가서 그 궁전 앞에서 기타리스트 타레가가 작곡한 알함브라 궁전의 추억을 연주하는 모습이었다. 아빠는 기타로 연주하고 누나는 춤을 추고 엄마는 노래를 부르고 은수는 초등학교 때 배웠던 멜로디언을 연주하고……. 은수는 눈을 뜨자마자 휘갈겨 쓰기 시작했다. 정신없이 몰입해 써 내려갔다.

문득 인기척을 느끼고 고개를 들었다. 작문 선생님이 어느새 다가와 은수가 앉은 책상 옆에 서서 은수의 글을 읽고 있었다.

"아빠가 기타를 잘 치시는가 봐?"

선생님이 묻는 말에 은수는 당황하며 대꾸했다.

"네. 아주 잘 쳐요."

"누나는 춤도 잘 추고?"

"네."

누나가 당황해 무슨 말을 하려다가 눈길을 돌려 버렸다. 작문 선생님이 이어 물었다.

"가족끼리 알함브라 궁전, 언제 갈 건데?"

선뜻 대답이 나오지 않아 주억대고 있는데, 누나가 대신 답을 주었다.

"엄마가…… 없어요."

작문 선생님은 잠시 움찔하더니 고개를 끄덕이며 칠판 쪽으로 걸어 나갔다. 그러고는 미처 다 쓰지 못한 사람은 집에 가서 써 오라고 말한 후 덧붙였다.

"세상 사람은 모두 장애인이에요. 나같이 눈이 나빠 안경을 쓴 것도 장애고 유난히 마르거나 뚱뚱한 사람도 장애가 있는 거지요. 어찌 보면 젊은 사람에 비해 우리같이 나이가 들어 행동이 둔해지면 그것도 장애라고 볼 수 있습니다. 안 그래요?"

장애인들은 모두 달뜬 목소리로 그렇다는 반응을 보였다.

"다만 여러분은 장애가 조금 심할 뿐입니다."

그리고 선생님은 다음과 같은 이야기를 들려주었다.

"베트남전이 한창이었던 1960년대 미국에서 있었던 이야기예요. 상류사회의 가정에서 파티를 열고 있는데 아들로부터 전화가 왔습니다. 엄마, 저예요. 엄마는 깜짝 놀랐습니다. 베트남, 그러니까 월남전에 참전했던 아들이 미국으로 돌아온 것입니다. 그래, 얼른 오너라. 가정부에게 문을 열어 주도록 전화해 놓을게. 그러자 아들이 말합니다. 엄마, 그런데 베트남에서 같이 싸웠던 전우와 같이 있어요. 마땅히 갈 데가 없어서 우리 집에 같이 가려고 하는데, 괜찮죠? 그 말이 썩 마음에 들진 않았지만 엄마는 괜찮다고, 같이 오라고 했지요. 그러자 아들이 말하는 겁니다. 그런데 엄마, 친구가 전쟁 중에 많이 다쳤어요. 그래서 다리가 없어 휠체어를 탔고 얼굴도 화상으로 엉망이에요. 그래도 괜찮죠? 그러자 엄마는 이런 생각을 했습니다. 남들이 알아 주는 상류 사회의 가정인데 장애인이 손님으로 온다면 속 모르는 주위 사람들이 어떻게 생각할까? 창피하지 않을까? 그래서 이렇게 말했대요. 애야, 아무리 가까운 전우라도 그렇지, 몸이 그렇다는데 우리 집에 같이 온다는 건 좀 그렇지 않니? 가까운 호텔에서 우선 같이 있을래? 그러면 내가 알아서 조치를 취할게. 그러자 아들은 힘없는 목소리로 알았어요 엄마, 하고 전화를 끊었대요. 그러고는 그 이튿날 전화가 걸려 온 거예요. 호텔에서 당신 아들이 자살했습니다. 화상으로 얼굴이 일그러져 있고 두 다리가 없어 휠체어를 타고 있는데, 맞지요? 가능한 빨리 경찰서로 와 주시기 바랍니다.”

교실이 조용해졌다.

한 누나가 울먹이면서 말을 꺼냈다. 은수는 알아들을 수 없었다. 작문 선생님은 오랫동안 가르쳐 와서인지 잘 알아듣고 되물었다.

“서른셋까지 아빠가 골방에 가둬 두고 밖에 나가지도 못하게 했다고요? …… 서른셋 나이에 여기 와서 처음으로 한글을 배우기 시작했다고요? 그럴 수가, 그럴 수가!”

그러고는 숙제를 내주었다. 방금 들려준 이야기의 감상문을 써서 가져오든지 인터넷 카페에 올리라고 했다.

그렇게 수업이 끝났다. 두 시간! 꽤 긴 시간인데도 누구도 졸거나 딴전 피우는 사람이 없었다. 학교에서는 그런 분위기를 느낄 수 없었다. 학생들은 선생님이 칠판 쪽으로 돌아서기만 하면 서로 손짓 발짓하며 장난하고 한쪽에서는 책을 펴 놓고 잠을 자곤 했다. 선생님은 열심히 공부하는 학생 중심으로 가르치면서 따라오지 않는 학생에 대해서는 별로 신경을 쓰지 않았다.

은수와 은선이 의자에서 일어나 교실을 나가려는데 작문

선생님이 물었다.

"첫날인데, 같이 점심 먹고 가면 어떨까?"

"네? 어디서요?"

은수가 되물었다.

"구, 구, 구, 구내식당 있어. 지, 지, 지하."

서른셋에 처음 한글을 배우기 시작했다는 누나가 끼어들었다.

구내식당은 학교 급식실과 별로 다를 바가 없었다. 다만 식판에 미리 반찬을 담아 쭉 늘어놓고, 국과 밥은 알아서 담아 가게 되어 있었다. 작문 선생님이 은선 누나와 은수의 식대를 대신 내 주었다. 같이 공부했던 형과 누나 중 두 명만 줄을 서서 차례를 기다리고 나머지는 곧바로 식탁에 가서 앉았다. 그러자 자원봉사자들이 식판에 국과 밥을 퍼 가지고 와서 장애인 형과 누나들 앞에 놓았다. 그러니까 두 명 외에는 스스로 식판을 들고 제대로 걸을 수 없는 상태였다. 자원봉사자들은 고등어찜을 발라 주기도 하고 몇 장애인에게는 국에 밥을 말아 주기도 했다. 그 모습을 보면서 은수는 또 누나에게 감사했다. 누나는 적어도 국과 밥을 따로 먹을 수 있으며 스스로 국에 밥을 말 수도 있고, 웬만한 생선찜도 스스로 포크로 찢어서 먹을 수 있다.

장애가 아주 심한 형은 엄마가 식당에서 기다리고 있다가 형이 오자 식당 뒤편에 있는 구석으로 데리고 갔다. 스스로 밥을 퍼먹을 수 없어 엄마가 일일이 떠먹여 주어야만 했다. 나이가 대충 서른 살은 넘었을 것 같은데 그렇다면 족히 30년 동안 저렇게 밥을 떠먹여 줬다는 말이 되었다. 하루도 거르지 않고…… 안 그랬으면 죽었을 테니까…….

집으로 돌아오면서 은선 누나가 단호하게 말했다.

"이제부터 난 학교 안 다니고 글만 쓸 거야."

"아빠한테 혼날 텐데?"

"언제부터 아빠야?"

"그래도 누나랑 나랑 어렸을 때 아빠가 얼마나 잘해 주셨어. 지금은 몸이 편찮으셔서 그런 거야. 엄마도 없고."

"하여튼 난 싫어. 아빠가 죽었으면 좋겠어! 내가 죽든지!"

은수는 입을 꾹 다물었다.

네버 기브 업

아파트 정문 앞에서 시내버스가 섰다. 누나가 앞서 내렸다. 몸이 편하지 못하니까 내리는 데 시간이 걸리는 것은 당연했다.

"짜증 나!"

뒤에서 자주 듣던 목소리가 들려왔다. 은수가 고개를 돌렸다. 같은 아파트에 사는, 배동호였다. 동호 뒤로 여학생 두 명이 뒤따르고, 그 뒤에 50대 아저씨가 서 있었다.

"왜? 티껍냐?"

동호가 이어 말을 던졌다.

"나 보고 한 말이야?"

은수가 되묻자, 은호가 대꾸했다.

"아니, 너희 누나."

그 말만 했어도 은수는 그렇게 화를 내지 않았을 거였다.

그런데 동호는 하지 말아야 할 말을 덧붙였다.

"오징어 춤!"

순간 은수는 어지러움을 느꼈다. 주춤대고 있는데 뒤에 서 있던 아저씨가 화를 냈다.

"안 내리고 뭐하는 겨? 뒤에 사람 안 보여?"

기사 아저씨도 한 마디 거들었다.

"시비는 내려서 하고, 얼른 내려!"

차에서 내리자 누나가 눈치를 챘는지 은수의 손을 잡았다. 동호는 저만큼 가다가 몸을 배배 꼬며 팔을 훠이훠이 내둘러 누나의 춤추는 모습을 시늉해 보였다.

왜일까? 그 순간 혁재가 떠올랐다. 은수는 줄곧 언젠가는 혁재에게 다가가고 말 거라는 생각이 들었었다. 그때마다 은수는 고개를 가로저었다. 노는 애 중에 짱인 혁재에게 다가간다는 것은 은수가 주위에서 받는 좋은 인상을 단번에 포기하는 행동이었다.

혁재는 골초라고 소문이 나 있었다. 또 고등학생 형들과 어울려 다니며 나쁜 동영상을 보고, 대부분의 시간을 피시방에서 보냈다. 때로는 아이들의 돈을 빼앗고, 패싸움도 벌였다.

어저께도 집으로 오다가 혁재와 마주쳤는데, 돈 빼앗은 이 야기를 늘어놓았다.

"우릴 보자마자 짜식이 모자를 벗었다 쓰는 걸 봤거든. 그 래서 모자를 벗겼지. 그랬더니 모자 속에 삼만 원이 들어 있는 거야. 인생이 불쌍해서 이만 원만 챙겼지 뭐. 그 돈으로 오늘 피자 쏠게, 가자."

"아싸!"

혁재를 따르는 아이들이 환호했다.

"은수 너도 갈래?"

평소 데면데면했는데, 어저께는 새퉁맞게 은수를 챙겼다.

"아니."

"알았어."

만약 혁재가 다른 애한테 같이 가자는 말을 꺼냈는데 그 애가 안 간다고 대답했다면 대뜸 욕부터 해 댔을 것이었다. 그러나 혁재는 은수한테 그러지 않았다. 초등학교 때부터 나름 쌓아 놓았던 우정을 저버리지 않고 의리를 지키는 너그러움쯤은 지닌 친구였다.

현관문 안으로 들어서자, 아빠가 기다리고 있었다는 듯 방 문을 열고 한마디 던졌다.

"내 말 안 들으려면 나가!"

아빠가 은선 누나에 대해 별반 신경 쓰지 않다가도 사자처럼 으르렁거리린 데에는 이유가 있었다. 세 가지 경우 중 하나인데, 하나는 배가 고파서이고, 다른 하나는 손가락 마비가 더 심해져 트레몰로 주법이 아예 되지 않아서다. 마지막 하나는 엄마에 대한 원망이 일어날 때다. 그런데 지금은 엄마에 대한 원망은 아닌 것 같았다. 엄마에 대한 원망으로 화를 낼 때는 으르렁거리는 목소리 속에 후회의 축축함이 배어 있으니까.

누나는 대꾸 없이 제 방으로 들어가 문을 쾅 닫았다.

"웬수 덩어리!"

아빠는 또 한마디를 던졌다.

은수도 이제는 이런 상황에 익숙해져 있었다. 말마따나 한 귀로 듣고 한 귀로 흘리는 게 습관이 되어 아무렇지 않았다. 그냥 입을 꾹 다물고 못 들은 체 지나가면 그만이었다.

은수는 몸을 돌려 밖으로 나왔다. 현관문을 닫는데 은수야, 부르는 아빠의 목소리가 들렸지만 무시했다.

겨울방학이 끝나고 개학한 지 일주일밖에 되지 않았다. 중학교 2학년에 올라왔지만 특별한 것도 없었다. 반 아이들도 별로 바뀌지 않았다. 바뀐 아이들이라고 해도 작년 1년 동안 봐 왔던 얼굴들이라 낯설지 않았다.

아직은 추웠다. 올해 들어 유난히 추위가 늦게까지 이어진다는 뉴스가 있었다. 이틀 전에는 눈이 어찌나 많이 내렸는지 한겨울 저리 가라였다. 하지만 봄은 분명히 다가오고 있었다. 싸늘한 기온 속에 은근히 부드럽고 훈훈한 봄바람이 섞여 있었다.

모처럼 하늘을 찬찬히 올려다보았다. 하늘이 유난히 높아 보였다. 그래서 더욱 쓸쓸했다. 그 쓸쓸함을 달래 주려고 누군가가 살금살금 다가와 '은수야!' 하며 등을 툭 칠 것만 같았다. 하늘이 갑자기 부옇게 변했다. 눈이 부셔서라고 생각하고 싶었지만, 가슴까지 먹먹해지려 했다. 은수는 얼른 하늘에서 땅으로 눈길을 떨어뜨렸다.

고개를 빼 아파트 뒷길과 이어진 길을 살폈다. 유난히 휑했다. 응달에는 흰 개나 고양이가 엎드려 있는 것처럼 눈덩이들이 여기저기 웅크리고 있었다. 다른 아파트 단지와 달라서 학원에 가는 아이들이 적어 항상 시끌시끌한데, 그날따라 한적했다. 문득 깍두기 아저씨가 생각났다.

깍두기 아저씨는 아빠의 해병대 선배였다. 아저씨에 대해서는 전에 아파트에서 살 때 언뜻 들은 적이 있었다. 그때 아빠는 깍두기 아저씨가 세상에 둘도 없이 미련하면서도 강한 남자라고 했다. 아저씨는 해결사 조직에서 활동했다고 한다. 아빠가 건설 회사에 다닐 때 철거민과 다툼이 있었는데 깍두기 아저씨를 시켜 철거민들을 몰아낸 적이 있다고 했다.

아빠가 다니던 회사의 경쟁 업체와 다툼이 있던 날 이야기도 들었었다. 경쟁 업체의 차가 움직이려 하자 해결사 중에서도 앞잡이였던 깍두기 아저씨가 재빨리 다리를 쭉 뻗었다. 그러고는 '가고 싶으면 내 다리를 부러뜨리고 가라'고 했단다.

그러자 운전자는 사정없이 아저씨의 다리를 치고 가 버렸고, 그 바람에 아저씨는 부러진, 아니 아빠 말마따나 부스러진 다리를 수술받아야 했다. 그 이후부터 깍두기 아저씨는 한쪽 다리를 제대로 쓰지 못하게 되었다고 한다.

여기 임대 아파트로 이사 와 얼마 되지 않아 해병대 동지회에서 아빠의 소식을 들은 깍두기 아저씨가 찾아왔었다. 머리를 조폭처럼 짧게 깎은 모습을 보고 은수는 그 아저씨를 깍두기 아저씨라고 이름 붙였다.

그날, 현관에 들어선 깍두기 아저씨는 휠체어에 앉아 있는 아빠를 보자마자 대뜸 큰 소리로 외쳤다.

"마 상병! 고참이 왔는데 건방지게 편안히 앉아서 인사 받는 거냐!"

"죄송합니다."

아빠는 고개를 숙였다.

"괜찮아, 괜찮아. 나도 다리 한쪽이 부서졌지만 이렇게 잘 살고 있어."

그 뒤로 아빠는 입을 꾹 다물었다. 한동안 이런저런 말을 하다가 아빠의 반응이 없자 가져온 음료수 박스를 놓고 다음에 또 온다는 말을 덧얹은 후 현관문을 나섰다. 은수가 뒤따라 나갔다.

"감사합니다."

은수가 꾸벅 인사하자 깍두기 아저씨는 은수에게 '나랑 잠깐 나갔다 오자.'고 하고는 아저씨가 일하고 있는 구두 수선 가게로 갔다. 구두 수선이 전문이지만 열쇠도 만들고 우산도 고치고, 자전거까지 고쳤다.

그날 아저씨는 많은 이야기를 들려주었다. 그때 아저씨가 들려준 이야기 중에 기억에 남는 말은 처칠이 옥스퍼드 대학 졸업식 연설에서 했다는 네버 기브 업(Never give up)이라는 말이었다.

"네버 기브 업, 네버 기브 업, 그 말만 일곱 번을 하고 내려갔다는 거야. 결코 포기하지 않고 행복할 그날을 늘 머릿속에 그림으로 그리고 있으면 결국엔 그렇게 된다고 했어. 아니, 정말 그렇게 돼. 나도 경험했어."

깍두기 아저씨는 가죽끈이 달린 멋진 슬리퍼 한 켤레를 은수에게 선물하면서, 결코 희망을 포기하지 말고 열심히 살라고 격려했다.

그 뒤 아저씨가 은수를 추천하여 동네의 노인회와 시민 단체에서 효자상과 선행상을 타게 했다. 한 군데서 상을 타자 그 상이 스스로 새끼를 쳐서 벌써 다섯 개나 되었다.

은수는 그날을 떠올리며 수선 가게로 향했다. 깍두기 아저씨는 자전거 바퀴에 바람을 넣고 있었다. 옆에는 헌팅캡을 쓴 노인이 지켜보고 서 있었다.

"이거 미안해서 어떡하나. 집에 뽐뿌만 있으면 내가 넣어도 되는디."

노인은 헌팅캡을 벗어 들고 머리를 긁적였다.

자전거 바퀴에 바람을 넣고 나서 허리를 펴던 깍두기 아저씨가 곁에 서 있던 은수를 보았다.

“왔니?”

“안녕하셨어요.”

“표정이 밝지 않구나.”

“…….”

“어쨌든, 들어와.”

깍두기 아저씨가 먼저 수선 가게 안으로 들어갔다. 아저씨는 안으로 들어가자마자 작업용 천을 무릎 위에 얹고 옆에 놓여 있던 뾰족구두를 그 위에 올려놓았다. 아저씨는 구두 뒷굽을 구두칼로 깎으며 물었다.

“아버진?”

“그대로세요.”

아저씨는 고개를 끄덕끄덕하고는 묵묵히 일만 했다. 그건 은수의 다음 말을 기다린다는 의미라는 걸 은수는 잘 알고 있었다.

“누나가 시인이 되겠대요.”

은수가 말했다.

“그래서?”

“오늘 복지원 글쓰기 강좌에 갔다 왔는데, 아빠가 마구 화를 냈어요.”

"그랬구나."

아저씨는 깎은 구두굽이 매끄러워지도록 사포로 문질렀다. 그러는 동안 은수는 아저씨를 처음 만났을 때 들었던 말을 떠올렸다.

"네버 기브 업…… 행복한 우리 가족을 아무리 머릿속으로 그려도 그대로 되지 않고 있어요."

은수의 투정 섞인 말에 아저씨는 대답 대신 수선을 마친 구두를 옆에 놓고 다른 구두를 집어 들어 무릎 위에 얹었다. 다시 일을 시작하면서 마침내 입을 열었다.

"네버 기브 업."

은수의 반응이 없자 아저씨가 덧붙였다.

"아프리카에서 가장 사냥을 잘하는 종족이 있는데 그들에게는 남다른 비법이 있단다."

은수는 묵묵히 듣기만 했다. 아저씨가 잠깐 시간 차를 두고 말을 이었다.

"간단해. 잡힐 때까지 쫓아가는 거야."

아저씨는 자신이 말해 놓고 그 말이 스스로도 우스운지 흐흐훗, 하고 묘한 소리를 냈다. 그러고는 하던 일을 계속하다가 은수가 아무 반응이 없자 다시 말했다.

"더구나 넌 학교는 물론 동네에서도 인정을 받는 성실한 학생이니까 난 믿어."

그제야 은수는 속에 있는 말을 꺼냈다.

"그게 저에게는 수갑이고 족쇄예요."

깍두기 아저씨는 구두약을 뒷굽까지 고루고루 칠하면서 시간을 끌다가 대답했다.

"그래, 그럴 수도 있겠다."

그러고는 더 이상 말이 없었다.

한참 동안 그렇게 있다가 은수는 자리에서 일어났다.

"안녕히 계세요."

아저씨는 더 있으라든지 잘 가라든지 어떤 말도 없었다.

밖은 벌써 어둑어둑했다. 시장에 다녀오는 아줌마들이 눈에 많이 띄었다. 그들의 손에는 검정 비닐봉지부터 천으로 된 시장바구니, 쇼핑백, 선물 꾸러미, 케이크 상자까지 들려 있었다. 은수가 가장 부러워하는 모습들이 은수의 눈앞에 펼쳐졌다.

"엄마, 미워! 약속은 지켜야지!"

초등학생으로 보이는 계집아이가 코맹맹이 소리로 말했다.

“약속은 네가 안 지켰다, 응?”

그 애 엄마가 대꾸했다.

“저번보다 평균 2점이나 올랐잖아!”

“5점이 안 되잖아.”

“치사, 방구!”

은수에게는 애정으로 가득 찬 투정처럼 들렸다.

어떤 이가 지나갈 때는 향수 내음이 나더니, 어떤 이는 통닭 냄새를 길에 깔아 놓으며 지나갔다. 길가 포장마차 안에서는 떡볶이 양념 냄새와 어묵 국물 냄새, 그리고 튀김 냄새도 풍겨 왔다.

과자를 엄마 입에 넣어 주는 아이도 있었다.

“와! 엄마 입 하마 입이다!”

“요것이!”

찬바람이 쉬익 아파트 뒷길을 돌아 나와 은수의 목을 휘감았다. 추웠다. 자꾸만 가슴이 축축해지며 목구멍에서 울음이 새어 나왔다. 은수는 재바르게 걸음을 옮겼다. 울음이 따라오지 못하도록 서둘러 걸었다. 하지만 끝내 쫓아온 울음이 콧속으로 파고들어 은수는 연신 훌쩍거려야 했다.

현관문을 들어서자 어둠과 퀴퀴한 냄새가 눈과 코에 들러

붙었다. 식탁 의자에 앉아 있던 누나가 투정을 부렸다.

"어디 갔다 이제 와?"

"……."

은수는 대답하지 않고 식탁 의자에 앉았다. 잠시 후 방문이 열리고 아빠가 휠체어를 타고 주방으로 나왔다. 세 사람은 말없이 각자 눈길을 다른 데 두고 있었다. 누나는 밥솥 쪽을, 아빠는 벽에 걸린 시계를, 그리고 은수는 싱크대 쪽을 보고 있었다. 싱크대에는 먹고 난 빈 그릇이 그대로 쌓여 있었다. 그래 봤자 다섯 개밖에 안 되지만.

"밥 먹자."

마침내 아빠가 말을 꺼냈다.

은수는 그대로 앉아 있었다.

"밥 먹자고!"

아빠가 다시 말했다.

신경질적이었다. 누나가 눈치를 보며 자리에서 일어났다. 불편한 왼팔을 휘저으며 냉장고로 다가갔다. 냉장고 문을 열다 휘청하면서 문틀을 잡았지만 이미 중심을 잃은 누나는 바닥에 주저앉고 말았다.

"은수야!"

아빠가 앉아 있는 은수를 향해 꽥 소리를 질렀다. 은수가 아빠의 얼굴을 똑바로 바라보았다. 아빠의 얼굴이 붉게 달아올랐다.

"저 혼자만 밥 먹는 게 아니잖아요!"

은수가 대들었다.

"뭐야?"

"아빠도 냉장고에서 반찬 정도는 꺼내 놓을 수 있잖아요!"

"그래서?"

"저 혼자 무슨 죄를 지었나요?"

"이놈의 자식이!"

아빠가 버럭 소리쳤다.

"하지 마! 하지 마!"

누나가 뒤뚱뒤뚱 일어나 은수의 손을 잡으려다 도로 주저앉았다.

"에잇!"

은수는 소리치며 벌떡 일어나 현관문 쪽으로 걸었다.

"은수야!"

아빠의 외침을 듣는 둥 마는 둥 은수는 현관문을 나섰다.

현관문을 나서면서 또 혁재를 떠올렸다. 학년 짱으로 통하

는 혁재는 선생님들도 감히 건들지 못했다. 뭣도 모르고 새
로 전임 온 여자 선생님이 혁재를 나무란 적이 있었다. 그때
혁재는 단 한마디, 중얼거리듯이 뱉었다.

"미친년."

선생님은 혁재를 교무실로 불러들였지만, 십 분도 되지 않
아 혁재는 웃는 얼굴로 교실에 들어왔다. 반 아이들 모두가
예측한 일이어서 놀랄 것도 없었다.

맞짱

"뭐야, 짜샤?"

혁재가 계단을 뛰어 내려오며 물었다. 혁재는 5층에 사는데, 엘리베이터를 한 번도 사용하지 않았다고 했다. 뛰어서 올라갔다가 뛰어 내려오는 게 습관이 되어 있었다.

"그냥."

"짜아식! 뭔 일 있구나?"

은수는 대꾸 없이 몸을 돌려 아파트 뒤쪽으로 걸어갔다. 혁재도 뒤따랐다. 아파트 뒤쪽은 담으로 둘러져 있고, 아파트와 담 사이는 음침했다. 곳곳에 비닐봉지며 휴지, 빈 병들이 널브러져 있었다. 얼마 전까지 그곳에서 청소년들의 비행이 자주 벌어진다 해서 철조망으로 막았었지만, 지금은 여기저기 뜯겨져 있으나 마나였다.

은수가 서슴없이 뜯겨진 철조망 안으로 들어서자 혁재는

멈칫하는 기색이었다.

"뭐야, 인마?"

"담배 있니?"

은수의 말에 혁재는 움찔했다.

"너도 피워?"

"그냥, 피고 싶어."

은수가 달라는 시늉으로 손을 내밀며 말했다.

"알았어!"

혁재가 은수의 등을 철썩 치고는 주머니에서 담배 한 개비를 꺼내 은수에게 내밀었다. 은수가 담배를 받아 입에 물자 초록색 일회용 라이터를 꺼내 건네주며 말했다.

"이 담배 특별히 주는 거야. 반만 피고 나한테 줘."

담배 연기를 빨아들이던 은수가 캑캑거렸다. 혁재가 은수의 등을 두드려 주었다.

"거봐 새꺄! 저기 벤치에 앉자."

은수는 연신 기침을 해대며 혁재가 가리키는 곳으로 발걸음을 옮겼다. 나무 벤치는 낡을 대로 낡아 등받이가 부러진데다가 앉자마자 페인트 부스러기가 옷에 묻었다.

은수는 세 모금을 더 빨고 나서 담배를 혁재에게 건네주었다. 혁재는 담배 연기를 쭈욱 들이켰다가 혀를 굴려 연기로 도너츠 모양을 만들어 보이고는 말했다.

"재미있지?"

"도사구나."

"나도 형들한테 배웠어."

혁재가 갑자기 담배를 발로 비벼 끄고는 은수 쪽으로 몸을 굽히며 은근한 목소리로 물었다.

"옛날 생각 안 나냐?"

"그랑빌 아파트?"

"그래."

"자주 생각나."

혁재는 평소답지 않게 약간 침울한 얼굴을 했다. 그러고는 혼잣말하듯 말했다.

"난, 너희 집이 이런 데로 이사 올 줄 생각도 못 했어."

은수는 잠자코 앞만 보고 있었다. 혁재가 다시 담배를 꺼내 불을 붙여 한 모금 쭉 빨았다 뿜어내고는 은수에게 건넸다. 은수가 담배를 받았다. 그러고는 한 모금 빨아 삼켰다. 기침은 잘 참아 냈지만 그 대신 눈물을 닦아야 했다. 혁재가 그런 은수의 모습을 보며 피식 웃고는 물었다.

“엄마 소식 아직 없니?”

“응.”

잠깐 동안 침묵이 이어졌다.

이번에는 은수가 물었다.

“너희 아빠는?”

“몰라.”

혁재는 그렇게 나무젓가락을 분지르듯이 딱 말하고는 잠시 우물쩍거리다 덧붙였다.

“죽었으면 좋겠어.”

“누가?”

“아부지!”

은수는 어깨를 움찔하며 괜히 물었다고 속으로 후회했다.

은수는 임대 아파트로 이사 오기 전부터 이미 혁재네가 망했다는 소문을 들었었다. 혁재 아빠는 중학교 선생님이었다. 아파트 단지 내에서 점잖고 인간적이라고 소문이 난 분이었다. 그런데 어느 날 친구의 꼬임으로 주식 투자에 빠져 재산을 모두 날리고 학교 공금까지 손을 대다 들통 나 학교를 그만두어야 했다. 그 뒤로 혁재 아빠는 술주정뱅이가 되었다. 그래서 가정이 늘 불안했다. 은수는 혁재 아빠가 가출했다는 말을 듣고 중학교에 입학했는데 혁재와 같은 학교였고, 알고 보니 같은 아파트 단지 내에 살고 있었다.

은수의 눈치를 보며 멈칫대던 혁재가 물었다.

"누나, 그 자식 잡았니?"

은수는 움찔했다.

'어떻게 그 사건까지 알고 있지?' 하고 은수는 자신에게 물었다가 스스로 답을 냈다. 따지고 보면 당시 은수네를 알고 있는 사람 중 그 사건을 모르는 이는 없을 거였다.

엄마는 은선 누나가 앞으로 살아가려면 세상을 알아야 한다며 여행도 시키고 심부름도 자주 보냈다. 그날도 누나에게 콩나물과 두부를 사 오라는 심부름을 시켰다. 그런데 은선 누나가 조금 먼 마트에 갔다 오다가 성추행을 당하고 말았다. 어두컴컴한 골목에서 당했는데, 경찰 탐문 수사에서 밝혀진 것은 40대 부랑자일 거라는 추측밖에 없었다. 본 사람도 없었고 누나도 범인의 얼굴을 기억하지 못했다.

그 사건은 아빠와 엄마의 잦은 부부 싸움 빌미가 되었고, 아빠는 술을 퍼마시기 시작했다. 그리고 아빠가 교통사고를 당했고, 모든 일이 엄마로부터 시작됐다는 아빠의 성화를 이기지 못한 엄마는 가출하고 말았다.

“암튼 그런 말 그만하고, 왜 만나자고 한 거야?”

혁재가 물었다.

은수는 조금 시간을 끈 후 입을 열었다.

“동호 그 자식, 누나 그 이야기 알아?”

“아니, 전혀 모를걸. 근데 왜?”

“날 괜히 괴롭혀서.”

혁재는 잠시 은수의 표정을 살피고 나서 물었다.

“감정 있냐?”

“만나서 얘기할 게 있어.”

“알았어.”

혁재는 휴대전화를 꺼냈다. 동호에게 전화를 걸어 잠깐 보자고 했다.

“온대.”

십여 분쯤 지나 동호가 나타났다. 동호는 은수를 알아보고 잠시 멈칫했다. 그러나 이내 어깨를 으쓱해 보이며 다가와 대뜸 한마디 던졌다.

“오징어 춤을 네가 대신 보여 주려고?”

말이 끝나기가 무섭게 은수가 동호의 얼굴에 주먹을 날렸다. 동호가 두 손으로 얼굴을 감싸고 허리를 접었다. 은수가 동호의 옆구리를 걷어찼다. 다시 주먹을 날리려 하자 혁재가 은수의 팔을 잡았다.

"잠깐, 이건 불공평해."

그러고는 동호의 얼굴을 들어 살피고는 물었다.

"붙을 거야?"

동호가 얼굴을 쓸어내리고는 대꾸했다.

"당연하지."

"좋아. 우선 떨어져 있어. 그리고 내 말 잘 들어. 여기 동호는 지금 합기도장에 다니고 있어. 먹띠야. 그리고 은수 앤 초등학교 때 나랑 같이 태권도, 한 2년 했지?"

혁재는 은수를 쳐다보며 대답을 원했다.

은수는 대꾸하지 않았다.

"태권도를 같이 했었어. 품띠야. 됐지?"

동호와 은수는 똑같이 고개를 끄덕여 동의했다.

"내가 그만, 할 때까지 붙는 거다. 그리고 뒷말 없기야. 알겠지?"

"좋아."

"둘이 악수해."

은수와 동호는 손을 대는 둥 마는 둥하고 뒤로 물러났다.

"시작!"

은수는 오랜만에 도장에서 겨루기하던 기억을 떠올려 동호를 살폈다. 동호는 약간 뚱뚱한 편이었다. 가슴이 두텁고 팔이 굵었다. 그러나 다리가 가늘었고 은수는 마른 편이었다. 은수는 동호가 지칠 때까지 들락날락거리다가 결정적일 때 발로 머리를 때리기로 했다. 그 대신 잡혔다 하면 끝이라는 생각도 했다.

빙빙 돌던 순간, 은수가 먼저 옆 차기를 동호의 허리로 내질렀다. 동호가 재빨리 발을 잡으려고 했는데 잡히진 않았어도 동호 움직임이 매우 빨라 은수는 움찔했다. 이번에는 동호가 와락 달려들며 은수의 티셔츠 앞자락을 잡았다. 가까스로 풀고 빠져나왔지만, 티셔츠 단추가 떨어져 나갔다. 잠깐 사이를 두고 이번에는 은수가 동호의 배를 향해 발을 날렸다. 그러다 순간 은수 발이 잡히고 말았다. 다행히 왼쪽 다리로 캥거루처럼 깨금발을 뛰며 버텨서 쓰러지지는 않았지만 오른쪽 다리는 동호 쪽으로 끌려가고 말았다. 순간 은수는 태권도장 사범이 호신술 시간에 했던 말을 떠올렸다. 위급할 때는 눈을 긁어라! 은수는 재빨리 손을 펴 동호의 두 눈을 긁듯이 후렸다.

“어어, 이 자식!”

동호는 은수의 다리를 놓고 두 손으로 눈을 감쌌다. 그 사이 은수는 동호의 얼굴을 향해 발을 날렸다.

“그만!”

혁재가 은수의 팔을 잡았다. 은수는 몸부림쳤다.

“죽여 버릴 거야! 죽여 버린다고!”

“됐어, 인마! 그만하라고!”

은수는 뒤에서 끌어안은 혁재의 팔에서 빠져나오려고 몸부림쳤다. 그러다 팔꿈치로 혁재의 얼굴을 쳤다.

“너 죽을래!”

혁재가 소리치며 주먹을 날렸다. 은수도 마주 주먹을 날렸다. 이제는 은수와 혁재의 싸움이었다. 다시 한 번 은수가 주먹을 날리는 순간 혁재의 발이 은수의 옆구리를 질렀고, 멈칫하는 사이 은수의 턱에 혁재의 주먹이 날아들었다. 은수는 그대로 나뒹굴었다. 기회를 잡은 동호가 재빨리 다가와 은수의 머리를 향해 발을 들자 혁재가 빽 소리쳤다.

“하지 마!”

“이가 흔들린다고!”

“그래도, 하지 마라 했다!”

동호는 발길질하려던 자세를 그만두고 입을 벌려 왼쪽 이를 흔들어 보였다.

"두 개나 흔들려."

"알았다고!"

은수가 비척비척 일어섰다. 그러고는 동호와 혁재를 노려보았다.

"그만하라고 할 때 그만해야지! 내일 만나자."

혁재는 동호를 돌려세워 가더니 아파트 뒷마당에서 사라졌다.

아파트 그림자가 뒤뜰을 덮쳐 어둑했다.

자유

학교 점심시간, 혁재가 은수에게 다가와 은밀하게 말했다.

"동호, 강냉이 나갔다."

은수는 벌떡 일어섰다.

"몇 개?"

"두 개."

은수는 부르르 몸을 떨었다. 아빠의 화난 얼굴, 담임 선생님의 비웃는 듯한 얼굴이 엇갈리다 겹쳐졌다. 이가 '나갔다'라면 어느 정도인가? 부러졌을까? 빠졌을까? 그 말을 물어야 했다. 그러나 불길한 말이 나올까 봐 입이 열리지 않았다.

"어떡할 거야?"

혁재가 다그쳤다.

"어떡하면 좋겠냐?"

은수가 풀 죽은 목소리로 되물었다.

은수의 되묻는 말에 혁재는 몸을 돌리며 입안에 든 것을 뱉듯이 툭 말했다.

"학교 끝나고 만나자."

방과 후, 약속한 대로 학교 앞 도로 건너에 있는 공원으로 갔다. 혁재와 동호가 벤치에 나란히 앉아 있었다. 혁재는 굳은 얼굴인데, 오히려 동호는 웃는 얼굴이었다. 은수가 다가가자 혁재가 먼저 말문을 열었다.

"치료비 가져온 거야?"

은수는 대답 없이 혁재와 동호가 나란히 앉아 있는 벤치 앞에 섰다. 3월 초 길어진 해가 아파트 꼭대기에 걸려 있었다. 불그스름한 노을빛이 은수의 그림자를 길게 늘여 놨다.

"귀먹었니?"

혁재의 말에도 은수는 여전히 대꾸 없이 멀리 하늘만 바라봤다.

잠시 침묵이 흘렀다.

아파트 옥상에 걸렸던 해가 넘어가자 어둑한 그림자가 세 사람의 그림자를 지웠다. 뒤따라 으스스한 바람이 스쳐 지나갔다.

"조건이 있어."

혁재가 말했다.

"뭔데?"

"우리하고 편먹는 거."

은수는 멈칫했다. 사실 혁재를 만나면서부터 이렇게 될 것을 염두에 두고 있었다. 그러나 막상 그들과 어울린다고 생각하니까 두려움이 밀려왔다. 가장 먼저 깍두기 아저씨의 얼굴이 떠올랐다. 깍두기 아저씨의 주선으로 효자상과 선행상을 탄 은수가 나중에 알고 보니 노는 애들과 어울려 사고를 치고 다니더라는 소문이 난다면 아저씨가 얼마나 배신감을 느낄까? 그 다음은 담임 선생님이었다. 이제 2학년 시작인데 혁재 패와 어울린다면 선생님들의 눈 밖에 나는 것은 두말할 나위가 없었다.

또 하나 걱정되는 것은 만약 여기서 혁재 패와 어울리겠다 약속하고 나중에 꽁무니를 빼는 경우다. 그렇게 되면 건수라는 아이같이 될 수도 있다. 건수는 공부도 잘하고 성격이 온순한 아이였는데, 운동을 좋아하다 혁재 패와 어울리게 되었다. 그러다 어느 날부터 그래서는 안 되겠다는 생각에 혁재 패를 멀리 했는데, 혁재 패로부터는 계속 위협을 받았고 한편으로 선생님과 다른 아이들로부터는 노는 애로 찍혀 따돌

림을 받다 보니 어디에도 설 수가 없게 됐다. 그래서 할 수 없이 전학 가고 말았다.

은수는 그저 치료비 몇 만 원쯤 나왔기를 바라며 더듬더듬 물었다.

"치료비, 얼마 나왔냐?"

"치료받고 새 이 해 넣는데 이백만 원, 짜샤!"

이백만 원이라는 말에 은수는 전기에 감전된 것처럼 아찔하며 정신까지 몽롱했다. 그 돈은 은수네가 석 달, 아니 다섯 달은 살아갈 수 있는 돈이었다.

그렇다면 다른 방법은? 학교를 그만두고 멀리 떠나는 수밖에 없었다. 그러면 아빠와 누나는 누가 돌봐? 없었다. 치료비를 주지 않는다면? 고소를 당하고, 어쩌면 소년원에 갈 수도 있다! 순간적으로 은수는 동호 앞에 무릎을 꿇었다.

"봐줘. 너희들, 우리 집 사정 잘 알잖아?"

"이백만 원보다 더 들지도 모를걸."

동호는 고개를 돌리며 비아냥거리듯 말했다.

말 없는 시간이 지나갔다. 빨간색 오리털 점퍼를 입은 아줌마가 무릎을 꿇고 있는 은수와 벤치에 앉아 있는 두 중학생에게 호기심을 갖고 다가왔다. 끌고 온 발바리가 은수의 냄새를 맡으려고 하자 아줌마가 개 줄을 당겼다. 이어 다른 어른들도 공원 길을 걷다 말고 흘긋거리며 걸음 속도를 늦췄다.

혁재가 뒤늦게 말문을 열었다.

"너 땜에 그렇게 됐다는 거 아직 동호네 엄마 아빠는 모르거든."

은수는 숙였던 고개를 번쩍 들었다.

"그래?"

"그냥 운동하다 다친 줄만 안다고."

"……."

"일이 커지고 안 커지고는 너한테 달렸어."

"무슨 말이야?"

은수는 긴장하며 혁재를 똑바로 쳐다봤다.

"너, 우리 조직 알지?"

은수는 이미 알고 있는 터여서 고개를 끄덕였다.

"어쩔 거야?"

혁재는 위협적인 목소리로 재차 물었다.

은수로서는 조금도 마음에 들지 않는 제안이지만, 지금은 어쩔 수 없이 혁재의 말을 받아들일 수밖에 없었다.

“좋아.”

“일어나, 꼰대들이 보고 있어.”

혁재가 가방을 들고 일어서며 말했다.

동호가 뒤따라 일어났다. 은수도 가방을 들고 일어서서 혁재와 동호의 뒤를 따랐다. 아예 잘됐다는 생각도 들었다. 어차피 효자상이니 선행상 따위가 은수에게 도움을 주는 것은 전혀 없었다. 깍두기 아저씨에게 말했듯이 그것들은 은수에게 되레 수갑이 되고 족쇄가 되었다. 그런 구속으로부터 확 풀려났다는 쾌감이 들었다.

“와, 차라리 잘됐다!”

은수가 소리치자 혁재가 걸음을 멈추고 뒤돌아 보며 물었다.

“뭔 얘기야, 인마?”

“자유라고.”

“자유?”

“몰라도 돼.”

혁재가 오른손 검지로 관자놀이 주변을 뱅글뱅글 돌리며 동호를 향해 왼쪽 눈을 찡긋해 보였다.

토요일 오후, 약속했던 대로 은수는 근린공원 안의 농구

골대가 있는 곳으로 갔다. 동호와 혁재는 이미 그곳에서 점퍼를 벗어 벤치에 던져 놓고 키가 큰 형들과 농구를 하고 있었다.

농구공을 잡아 달리던 동호가 흰 야구모자를 쓴, 키가 큰 형한테 말했다.

"형, 저 애야."

흰 야구모자가 돌아다봤다. 이어 여섯 명의 키 큰 형들도 하던 것을 멈추고 모두 은수를 보았다. 그중 머리에 왁스를 발라 크낙새처럼 추켜세운 형이 물었다.

"쟤가 혁재 딱가리냐?"

"아니, 찐따."

동호가 받았다.

"계집애 같다."

귀고리를 한 형이 끼어들었다.

은수가 봤을 때는 그렇게 말하는 귀고리 형이 되레 여자 같은 얼굴이었다. 동그랗고 까만 눈동자, 짙고 긴 속눈썹에 흰 얼굴, 약간 낮은 콧등이 여성스러워 보였다.

은수 때문에 농구하던 분위기가 깨지자 모두 농구를 그만두고 외투를 입기 시작했다. 그러다 키가 제일 작은 형이 호주머니에서 무엇인가를 떨어뜨렸다. 귀고리 형이 그것을 재빨리 집어 들었다.

"엠피스리 아냐?"

"이리 줘."

"부수고 싶은데 어쩌지?"

"안 돼! 산 지 얼마 안 됐어."

"부수고 싶어."

그 말이 끝나자마자 귀고리 형은 손가락 두 개만한 엠피스리를 벤치 위에 올려놓고 발로 콱 밟았다. 발을 떼자 부속품들이 고스란히 드러나 있었다.

"씨발!"

엠피스리 주인 형이 울상을 지었다.

"사 주면 되잖아 짜샤!"

귀고리 형이 되레 큰소리를 쳤다.

은수는 지금껏 갖고 싶었던 엠피스리가 눈앞에서 박살 나는 것을 보자 아깝다거나 그 행동이 유별나 보이는 게 아니라 서글펐다. 어떤 사람들은 은수가 그렇게 갖고 싶어 하는 물건을 아무렇게나 부숴 버리고 있다는 현실이 은수를 슬프게 했다.

옷을 다 입고 그곳을 떠나면서 흰 야구모자를 쓴 형이 은수를 보며 말했다.

"농구공 갖고 따라와."

은수가 멈칫대자 크낙새 머리가 덧붙였다.

"찐따답게 행동해."

은수는 어쩔 수 없이 농구공을 주워 들고 동호와 혁재를 번갈아 보았다. 혁재는 고개를 돌렸다. 동호가 말했다.

"하라는 대로 해. 지금까지는 내가 해 왔어."

점심때가 약간 지나 있었다. 일곱 명은 중국 음식점으로 갔다. 변두리의 허름한 음식점이었다.

"아우들 왔구먼."

오뚜기처럼 배가 불뚝 튀어나온 50대 주인 아저씨가 그들을 맞았다.

"방 있죠?"

혁재가 물었다.

"있다마다."

일곱 명은 가장 안쪽 구석진 방으로 들어갔다.

방에 들어서자 흰 야구모자가 점퍼 주머니를 뒤져 담배를 꺼냈다. 담뱃갑 뚜껑을 열던 흰 야구모자는 담배갑을 쭈그러뜨려 방바닥에 내던졌다.

"없잖아!"

그러고는 바지 주머니에서 지갑을 꺼내 오천 원짜리를 꺼내 동호에게 내밀며 말했다.

"사 와."

"딱가리 신세 면했는데……."

하면서 동호가 은수를 쳐다봤다.

"얜 뭘 모르잖아 짜샤. 네가 어떻게 사는지 같이 가서 시범을 보여. 알았지?"

"에이, 씨이!"

"너 뭐라고 했어?"

"아니, 형 잘생겼다고. 헤헤."

"죽을래!"

동호는 은수를 이끌고 밖으로 나갔다.

공원에는 노숙자들이 여기저기 앉아 있거나 침낭 속에 들어가 잠을 자고 있었다. 동호는 벤치에 앉아 있는, 허름한 옷을 입고 털모자까지 쓴 60대쯤 되어 보이는 노인에게 다가갔다.

"아저씨, 저번처럼…… 아시죠?"

노숙자는 앞니 빠진 입을 벌리며 히죽히죽 웃고는 동호가 건네준 오천 원 짜리를 들고 공원을 빠져나갔다.

"앞으로 이렇게 하면 돼."

동호가 으쓱해 보이며 말했다.

은수는 대꾸하지 않았다. 모든 게 신기하게만 보였다. 호기심이 앞서 옳고 그름 따위를 가늠할 여유가 없었다.

잠시 후 노숙자가 소주 한 병과 담배를 들고 와, 담배만 동호에게 건넸다. 그러고는 벤치에 앉자마자 소주병 뚜껑을 따고 병 주둥이를 입에 쑤셔 넣은 후 목마른 사람이 물을 들이키듯 목울대가 춤을 추도록 꿀꺽꿀꺽 소주를 마셨다.

탕수육 두 접시가 상 가운데에 놓여지고, 이어 일곱 그릇의 음식이 일곱 명 각각의 앞에 놓였다. 짜장과 짬뽕 두 가지였다. 주인 아저씨가 음식을 갖다 놓고 물었다.

"뭐, 더 시킬 거 없어?"

"곡차도 있어야지요."

흰 야구모자의 말에 주인 아저씨는 은수를 쳐다봤다.

"괜찮아요. 우리 딱가리니까."

"알았어."

잠시 후 주인 아저씨는 흰색 주전자와 컵을 가져와 상 위에 놓으면서 말했다.

"난 차를 갖다 줬다."

"알았어요."

흰 야구모자가 대답했다.

주인 아저씨가 나가자 흰 야구모자가 문을 닫고 이어 말했다.

"오늘도 덜짱 민수가 사는 거다. 알았지?"

"와아!"

소리를 내며 모두 손뼉을 쳤다.

"쐬주 할 사람?"

은수만 빼고 모두 손을 들었다. 은수는 그게 술이라는 것은 알았지만, 마실 용기는 없었다. 물론 어렸을 때 아빠 모임에 따라가면 짓궂은 아저씨가 물인 척 건네줘서 마시다가 혼이 난 적은 있었다. 그러나 정식으로 술을 마신 적은 없었다.

"똑같이 나누어 마시기야. 알았지?"

흰 야구모자가 은수를 쳐다보며 덧붙였다.

"동호하고 같이 술 따라."

동호가 먼저 소주를 따랐다.

"야, 조금씩 따라. 가득 따라 마시면 죽어 짜샤."

은수와 동호의 컵에는 소주가 바닥에 깔릴 만큼만 따랐다. 나머지는 반컵 정도였다.

"모두 잔 들어."

은수가 머뭇거리자 흰 야구모자가 말했다.

"넌 아빠도 안 따라다녀 봤냐?"

그 말을 기다리고 있었다는 듯 동호가 끼어들었다.

"얘네 아빠 장애인이야, 하반신."

모두 은수를 바라봤다.

"장애인 되는데 보태 준 거 있냐!"

그 말을 한 사람은 귀고리 형이었다. 은수에게 쏟았던 눈길이 모두 귀고리 형에게 향하자 귀고리 형이 이어 말했다.

"앞으로 그런 식으로 말하면 맞을 줄 알아! 알았어?"

"알았어."

동호가 기어 들어가는 목소리로 말했다.

분위기가 싸해지자 흰 야구모자가 귀고리 형에게 말했다.

"야, 민수야. 그만하고 우리 건배하자."

민수 형은 조용히 잔을 들었다.

"우리 아이덜의 앞날을 위하여!"

"위하여!"

이어 왁자하면서 각자 앞에 있는 음식을 먹기 시작했다. 은수가 혁재에게 나직한 목소리로 물었다.

"아이덜이 뭐야?"

"아이돌은 노래하는 가수들이잖아. 우리는 아이덜이야. 덜 떨어진 아이들. 민수 형이 지었어."

은수는 민수 형을 다시 바라보았다. 자신의 입장을 이해해 줘 참 고마웠다. 그런 데다 이름에 '수' 자가 같이 들어가 있어 친형 같다는 생각이 들었다.

음식값은 민수 형이 지불했다. 은수는 형들과 헤어지고 돌아오면서 혁재와 동호에게 민수 형에 대해 들었다. 민수 형의 아빠는 치과 의사고, 민수 형은 공부하고는 멀다 했다. 하지만 인정 많고 의리가 있으며 대부분 그 형이 돈을 쓴다고도 했다.

혁재와 함께 다닌 후, 반 아이들이 은수를 대하는 태도가 확 달라졌다. 전에는 약간 왕따 취급을 당하던 은수였다. 은수가 하는 말은 먹혀 들어가지 않아서 은수는 거의 말을 하지 않고 지냈다. 다툼이 있을 것 같으면 입을 꾹 다물고 뒤로 물러서서 멀찍이 지켜보았다. 줄을 섰는데, 누군가가 앞에 끼어들면 그냥 뒤로 물러났다. 그러면서 속으로 늘 뇌었다.

죽은 척, 있는 듯 없는 듯 지내자. 그리고 고등학교는 직업 학교로 가자. 그래서 일류 요리사가 되자. 그때까지 참는 거 야.

그러나 이제는 은수의 위치가 바뀌었다. 혁재와 논다는 소문이 돌면서 은수를 무시하던 반 아이들이 은수의 눈치를 살피고, 가능하면 자존심을 건들지 않으려고 했다. 특히 혁재와 같이 노는 패거리라 아무도 동호를 건들지 않는데, 은수가 한 방에 동호를 해치우고 이까지 부러뜨렸다는 소문이 나돌면서, 노는 아이들까지도 은수에게 고분해졌다.

그것을 입증이라도 하듯, 그 뒤로 은수는 반 아이와 두 번 싸움을 벌였는데, 모두 은수의 싸움 솜씨에 놀랐다. 은수는 태권도 사범이 가르쳐 줬던 호신술로 두 녀석을 압도해 버렸다. 하나는 시비가 붙자마자 대뜸 달려들어 왼쪽 다리로 상대의 오른쪽 다리를 감고 턱을 밀어 쓰러뜨렸다. 은수보다 키가 훨씬 크고 덩치가 좋은 녀석이었지만 그대로 뒤로 나가떨어지면서 책상 귀퉁이에 뒤통수를 부딪쳐 혹이 생겼다. 다른 한 녀석은 축구를 하는 녀석인데 역시 운동을 해서 몸이 빨라 은수가 두 대나 먼저 맞았다. 세 번째 주먹이 날아오는 것을 피하며 동호에게 써먹었던 필살기, 두 눈 후리기로 녀석</p>

을 제압했다. 눈을 가리고 수그린 녀석의 뒤통수에 팔꿈치를 박고 나서 옆 차기로 허리를 찍었다. 녀석이 나뒹굴자 은수는 대뜸 녀석에게 올라타 목을 죄었다. 아이들 대여섯 명이 말려 은수의 승리로 끝났다.

싸움을 끝낼 때마다 은수는 그간 답답했던 가슴이 뻥 뚫리는 듯한 쾌감을 맛보았다. 만화나 영화에서 보았던 복수극을 스스로 연출하고 있다는 생각이 들어 우쭐해졌다. 꼭 학교 짱이 된 것 같은 기분이었다. 아니, 될 수 있었다. 이제 혁재 쯤은 맞붙어도 조금도 겁나지 않을 것 같았다. 사실 초등학교 때 혁재와 수없이 겨루기를 했지만 비긴 적은 있어도 진 적은 없지 않는가……. 하긴 이기고 지는 의미는 없었지만.

함부로 말하고 함부로 대하던 아이들 모두 이제는 은수를 조심스러워 했고, 친절하게 대했다. 은수는 더욱 으쓱해졌다. 주눅 들 이유가 없었다.

은수는 1학기 중간고사를 이틀 앞두고 그제야 조급한 마음으로 영어 교과서를 읽고 있는데, 열우가 지나가다 책상 밖으로 나온 은수의 노트를 쳐서 떨어뜨렸다. 열우는 화상을 입은 적이 있어 오그라든 오른쪽 손가락 세 개를 제대로 쓰지 못했다. 전에는 은수와 친해 속 이야기도 나누곤 했다. 그러나 은수가 노는 애로 알려지면서 멀어졌다.

"야, 노트 올려놔!"

은수의 말에 돌아보고는, 그제야 상황을 깨달은 열우가 노트를 집어 은수의 책상 위에 올려놓았다. 거의 동시에 은수가 열우의 턱을 손바닥으로 쳤다. 합기도를 배우는 열우는 낙법으로 데굴 구른 후 발딱 일어섰다. 순간 은수는 긴장했다. 열우는 은수를 한동안 노려보더니, 별말 없이 제자리에 가 앉았다.

수업이 끝나고 집으로 돌아올 때 교문에서 열우를 만났다. 은수를 기다리고 있었다. 은수는 긴장하며 공격 자세를 취했다. 그러나 열우는 맞서지 않고 은수 앞으로 다가와 나직하게 말했다.

"너 많이 변했다."

은수는 약간 당황하며 열우에게서 시선을 피했다.

"얼마 전까지만 해도 난 너를 가장 친한 친구로 생각했었는데⋯⋯."

은수는 양심에 걸려 찔끔했다. 그러나 양심 따위에 매이고 싶지 않았다. 효자상, 선행상 따위를 버리자 얼마나 자유로워졌는가. 난 생긴대로 살 거야!

“그래서?”

“우린 참 친했지?”

열우는 진지한 목소리로 물었다.

“그, 그랬지.”

은수는 약간 말을 더듬었다.

“옛정을 생각해서 한마디 충고할게.”

열우는 심각하고 진지한 얼굴로 은수를 바라보며 말했다.

“충고?”

“진정으로 하는 말이니까 잘 들어 둬.”

“알았어 짜샤. 해 봐.”

잠시 시간 차를 두고 나서 열우는 나직하게 속삭였다.

“넌, 개자식이야!”

그러고는 휑하니 가 버렸다.

그런데 왜일까? 화가 나지 않고 자꾸만 개자식, 개자식, 거듭 되뇌어졌다.

‘내가 개자식이라고?’

은수는 집에 돌아와 방에 누워 곰곰 자신에 대해 생각했다. 그럴 수 있었다. 이대로 가다 보면 중학교도 제대로 졸업하지 못할 것 같았다. 하지만 우선 왕따에서 벗어난 자신을 돌아보면 기분이 좋았다. 어차피 공부로 성공하기에는 틀렸고, 그럴 바에는 무시당하지 않으면서 대충 중학교를 졸업하고 고등학교는 직업 학교를 가면 된다. 나머지는 그때 가서 생각할 일이었다. 이런저런 생각 끝에 은수는 이렇게 중얼거렸다.

"그래, 난 개자식인 지금이 좋아. 옛날보다 얼마나 편한지 넌 모를 거야."

오징어 춤

　은수가 1학기 중간고사를 보고 나서 정오도 안 되어 집에 돌아왔다. 집에서는 똑같은 일상이 이어지고 있었다. 아빠는 기타를 침대 위에 내동댕이치고는 자신의 오른손을 침대 모서리에 메어치기도 하고 주먹으로 벽을 치기도 하면서 악을 썼다.

　"차라리 부러져! 부러져 버리라고!"

　아빠는 오른 손가락에만 집착하고 있었다. 그렇다면 왼 손가락은 온전하단 말인가? 그건 알 수 없었다. 은수가 알고 있기로 왼손도 장애는 있지만 코드는 어느 정도 잡을 수 있었다. 그렇다면 웬만큼 쉬운 곡은 얼마든지 연주할 수 있다. 그런데도 아빠는 늘 알함브라 궁전의 추억만 고집하면서 그 곡만 연습했다.

　그런 아빠의 모습을 보다가 부엌으로 나오자 이번에는 누나 방에서 꽥꽥 내지르는 소리가 들려왔다. 은수는 조마조마했다. 틀림없이 오늘도 주기적으로 나타나는 그런 일이 일어날 것 같았다.

아니나 다를까, 현관문 두드리는 소리가 들렸다. 현관문을 열어 주지 않으면 발로 차기도 하고 창문을 두드리기도 하면서 아락바락 악을 쓸 게 틀림없었다. 은수는 재빨리 누나 방으로 들어갔다. 누나가 낡은 오디오를 틀어 놓고, 언제나처럼 오징어 춤을 추고 있었다.

"아래층 할머니가 왔다고!"

"알아."

그 말을 놓고 누나는 여전히 불편한 몸을 흔들어 대며 춤을 추었다.

"제발, 누나!"

"이 곡 끝나면 끌게."

그러나 이미 늦었다. 현관문 두드리는 소리에 이어 문이 열리는 소리가 나더니, 집 안에서 아래층 할머니 목소리가 들려왔다.

"시끄러, 이년아!"

할머니는 누나의 방문을 활짝 열고 들어왔다.

“되지도 않는 춤, 왜 쿵쾅거리고 지랄이야!”

“상관 마!”

누나가 맞소리쳤다.

“이게 그냥! 병신 고운 데 없다더니!”

“병신 되는 데 보태 줬어?”

누나도 맞받았다.

아래층 할머니가 누나의 머리채를 휘어잡았다. 비실거리며 누나는 할머니를 밀어붙였다. 할머니와 누나가 한 덩어리가 되어 방바닥에 주저앉았다.

쨍그랑, 소리가 난 것은 바로 그때였다. 아빠가 휠체어를 타고 나와 들고 온 소주병을 누나 방 벽에 걸린 인기 그룹의 사진이 든 액자를 향해 내던진 것이다. 액자가 박살나며 유리 파편이 방바닥에 뿌려졌다.

“나가! 당장 꺼지라고!”

아빠가 엄청나게 큰 목소리로 외쳤다. 처음 이사 왔을 때 아래층 할머니와 휠체어 바퀴 소리 때문에 싸웠던 기억이 되살아난 것 같았다.

할머니가 아빠의 기세에 눌려 비척비척 자리에서 일어서며 말했다.

"경찰 부를 거야!"

그러고는 누나를 향해 말했다.

"제 애비 얼굴에 똥칠하는 년!"

그 말에 누나는 방바닥에 엎드려 큰 소리로 울기 시작했다.

할머니는 할머니대로 혀를 끌끌 차며 현관문 밖으로 나갔다. 그러더니 다시 안으로 들어와 멍하니 서 있는 은수의 등을 쓸어 주며 나직하게 말했다.

"어린 것이 참 안됐구나."

누나의 방에서는 울음소리가 끊임없이 새어 나왔다.

아빠는 아빠대로 안방에서 큰 소리로 중얼거리기도 하고 기타를 탕탕 두드리기도 했다.

은수는 식탁 의자에 앉아 이런저런 생각에 잠겼다. 생각 같아서는 현관문을 열고 밖으로 뛰쳐나가 복도 난간 아래로 훌쩍 뛰어내리고 싶었다.

초등학교 6학년 때 아빠가 장애를 입고 엄마가 가출했던 날, 그날도 뛰어내리고 싶은 충동을 받았었다. 그때 정말로 뛰어내릴 생각을 하며 서 있는데, 깍두기 아저씨가 지나가다 은수를 알아보고는 큰 소리로 물어 왔다.

“아빠는 어떠셔?”

그 말을 듣자마자 은수의 머릿속에는 엄마의 모습이 떠올랐다. 아무 대답도 못하자 아저씨가 덧붙였다.

“힘내! 넌 해병의 아들이잖아!”

은수는 갑자기 배가 고팠다. 그러고 보니 저녁을 먹지 않았다. 개수대에 빈 그릇이 없는 것으로 봐서 아빠하고 누나도 저녁을 먹지 않은 듯 싶었다. 전기밥솥을 열자 밥이 그대로 있었다. 점심과 저녁을 먹었다면 지금쯤 전기밥솥은 비어 있어야 했다.

“밥이 있구나.”

은수는 중얼거리고 나서 어금니를 악물었다. 그러고는 안방으로 갔다. 아빠는 침대에 누워 있었다.

“저녁 드셔야죠.”

은수의 말에 아빠가 툭 뱉었다.

“안 먹어!”

은수는 그러는 아빠가 어린애 같았다. 은수는 엄마가 했던 말이 떠올랐다. 교통사고를 당하고 병원에 누워 있을 때부터 신경질적인 사람으로 변해버린 아빠를 두고 엄마는 말했다.

“너희 아빠는 지금 어린애로 변해 있는 거야. 퇴원하면 나아지겠지."

그러나 아빠는 계속 어린애로 머물렀다. 병원에서 퇴원하고 엄마가 가출할 때까지 거의 1년 동안은 말 그대로 생지옥이었다. 아빠와 엄마는 끊임없이 싸웠다. 그 가운데 대부분의 원인은 아빠의 어린애 같은 행동 때문이었다.

누나는 엎드린 채 잠들어 있었다. 벌린 입에서는 침이 새어 나와 침대 위에 깔린 요를 호떡 넓이만큼 적셔 놓았다.

"누나."

은수가 어깨를 잡아 흔들자 누나의 왼팔이 은수의 얼굴을 쳤다. 은수는 악 소리가 나도록 아팠지만 입을 꾹 다물며 맞은 턱을 주물렀다. 장애가 있는 팔이라 불편하지만, 휘두를 때는 정상인보다 몇 배 더 힘이 세다는 것을 수없이 경험해 봐서 이제는 그러려니 잘 참았다.

누나가 눈을 떴다. 은수를 보고는 얼굴 전체를 일그러뜨리며 웃었다. 은수의 마음을 얼마나 휘두르는 얼굴이던가. 때로는 창피했다. 다른 아이들이 네 누나 맞아? 왜 저렇게 생겼니? 하고 물을 때는 누나가 당장 없어졌으면 했다. 때로는 슬펐다. 누나가 여느 사람과 같이 그렇고 그런 얼굴이면 얼마나 좋을까. 왜 남하고 비슷하지 못하고 저렇게 특별해 사람들의 눈길을 끌까. 때로는 사랑스러웠다. 웃는 얼굴이 얼마나 순수한지, 갓난아이의 얼굴도 그보다 더 순수하지는 못할 거였다.

그렇게 다양하게 은수의 마음을 흔들었던 누나의 얼굴이 거기 있었다. 웃고 있었다. 눈동자가 보이지 않을 만큼 가는 눈으로, 얼굴이 온통 찌그러지도록 웃고 있었다.

"밥 먹어."

은수는 가까스로 그렇게 말했다. 다음 말은 잇지 못했다. 울음이 나올 것 같아서였다.

부엌으로 나오자 아빠가 휠체어를 타고 와 있었다.

"라면 있니?"

아빠의 말에 은수는 대꾸없이 찬장 서랍에서 라면 세 개를 꺼냈다. 이제 남은 라면은 하나. 은수는 찬장에 걸어 놓은 메모장에 이렇게 썼다.

라면 열 개 사기

그러고는 냄비에 물을 붓고 라면을 네 등분으로 쪼갰다. 그사이 누나가 나왔다. 식탁 의자에 앉으며 아빠의 눈치를 살폈다. 아빠는 아빠대로 누나가 가지고 나온 시집에 눈길을 두었다.

　라면이 끓기 시작했다. 누나가 일어나 찬장에서 그릇을 꺼내 식탁 위에 놓았다. 그러고는 냉장고에서 김치와 깻잎장아찌를 꺼내 식탁에 내놓았다. 봉사 단체와 종교 단체에서 보내 준 반찬들이다. 작년까지만 해도 누나의 도움을 받아 은수가 김치와 깍두기도 담그고 이따금 카레도 해 먹었다. 특히 은수가 가장 잘 하는 것은 계란덮밥이었다. 그러나 어느 날부터인가 누나가 방황하고 아빠의 신경질이 많아지면서 은수는 음식을 하고 싶은 의욕을 잃어버렸다.

　라면 냄비를 통째로 들어다 식탁 가운데에 놓았다. 그러고는 국자로 각자 앞에 놓인 그릇에 라면을 나누었다. 누나가 몸짓으로 물이 없다는 시늉을 했다. 은수가 냉장고에서 물병을 가져다 물컵에 물을 따랐다. 누나는 물통을 옮길 정도는 되지만 컵에 물을 따르는 것은 어려워 곧잘 물을 흘려 아빠에게 타박을 받곤 했다. 그 뒤로 누나는 아빠 앞에서 물 따르는 것을 두려워했다.

　물병을 집을 때부터 팔이 뒤틀리고, 결국 컵에 따르는 물보다 흘리는 물이 더 많았다. 그러면 어김없이 아빠가 또 버럭 소리를 쳤다.

“그 나이에 물도 제대로 못 따라! 아무리 장애가 있더라도 네가 마실 물 정도는 스스로 따라 먹어야 하잖냐!”

후루룩 소리만 좁은 부엌을 가득 채웠다. 무겁고 충충한 공기가 바닥에 가득 내려앉아서 두 다리마저 움직일 수 없을 것 같았다.

아빠가 먼저 그릇을 비우고 방으로 들어갔다. 부엌에는 누나와 은수만 남았다.

“아까 미안했어.”

누나가 말을 꺼냈다.

“그 춤 안 추면 안 돼?”

은수가 목소리를 부드럽게 꾸며 물었다.

“몰라, 음악이 있으면 몸이 마구 흔들려.”

‘사람들이 놀리잖아! 사람들이 흐물흐물 오징어 춤이래!’

은수는 그렇게 소리치고 싶었다. 그 말이 금방 튀어나올 것 같아 어금니를 꽉 물었다.

은수의 말을 기다리며 눈치만 보던 누나가 입을 열었다.

“내가 설거지 할게.”

“됐어!”

“넌 쉬어. 참 고마웠어.”

은수는 누나의 얼굴을 똑바로 바라봤다. 누나 얼굴에 혁재와 동호, 그리고 아이덜 서클 형들의 모습들이 겹쳐져 지나갔다. 그러더니 유일하게 한 얼굴, 민수 형의 얼굴이 뚜렷하게 그려지면서 누나의 얼굴을 덮어 버렸다.

"왜?"

누나가 여전히 웃는 얼굴로 물었다.

"그냥."

"그냥이 뭔데?"

"나 좀 나갔다 올게."

은수는 일어섰다. 안방에서는 닫혀진 문틈 사이로 둥둥거리는 기타 소리가 들려왔다. 은수는 현관문을 나섰다. 화가 나거나 가슴이 답답하면 밖으로 나서서 아파트 단지를 빙빙 도는 게 이제는 습관이 되어 있었다.

그냥 걸었다.

아파트 단지를 뱅뱅 돌았다.

누나는 사람이야

은수가 사는 임대 아파트는 조금이라도 더 많은 사람들을 살게 하려고 높고 촘촘하게 지어졌다. 나무가 별로 없고 시멘트 건물뿐이어서 은수는 봄을 제대로 느낄 수 없었다. 봄을 확실하게 느낄 수 있게 만드는 것은 개나리나 진달래, 매화나 살구꽃, 또는 민들레가 아니라 한결 두터워진 햇볕과 훈훈한 봄바람이었다.

아이덜 서클은 그 뒤 두 차례 만남이 있었다. 그리고 세 번째 만나던 날은 민수 형이 대안 학교로 보내겠다는 아빠와 다투고 가출한 지 사흘째 되는 날이었다. 그날 서클 회원들은 민수 형을 위해 술을 마셨다. 그리고 춤을 추었다. 당연히 말단인 은수가 가장 먼저 음악에 맞춰 춤을 춰야 했다. 일곱 명의 회원들은 웃을 준비가 되어 있었다.

이윽고 노래가 나오자 은수는 춤을 추기 시작했다. 누나 때문에 춤에 대해 눈여겨봐 두었던 게 있어서 익숙한 데다 소주를 석 잔이나 마셨으므로 취한 상태였다.

은수가 춤을 끝내자 조용했다.

"너, 그쪽으로 나가라."

민수 형이 말하자 뒤이어 한마디씩 던졌다.

"짜식, 바디가 아주 섹시하단 말야."

"성전환 수술할래?"

은수 자신도 또 한 번 놀랐다. 저번에는 자신이 생각보다 싸움을 잘해서 놀랐고 이번에는 춤솜씨에 놀랐다. 어디서 나온 솜씨인지 신기했다. 누나의 오징어 춤 때문인가?

은수는 그건 말이 안 된다고 생각했다.

'방금 춘 춤이 오징어 춤은 아니었어. 그렇다면 어디서 나온 춤일까? 특별히 춤을 배우거나 춰본 적이 없는데.'

수고했으니까 한잔하라며 흰 야구모자가 물컵에 소주를 가득 따라 은수 앞에 내밀었다. 은수는 두려움 없이 물컵을 받았다. 그러고는 꿀꺽꿀꺽 물 마시듯 비워 버렸다. 구역질이 났지만 아무렇지 않은 듯이 보이려고 숨을 멈추고 목구멍에 힘을 주고 나서 숨을 들이쉬었다. 참을 만했다.

"야, 보통 아닌데?"

형 둘이 짜기라도 한 듯 동시에 똑같은 말을 했다.

"한 잔 더 할래?"

흰 야구모자가 물었다.

은수는 말없이 쳐다봤다. 흰 야구모자가 은수 앞에 놓인 빈 물컵에 또 술을 따랐다. 은수는 그 잔을 들어 앞서 마셨던 것처럼 꿀꺽 단번에 들이켰다.

"와!"

형들은 물론 혁재와 동호까지 손뼉을 쳐 주었다.

은수는 손뼉 소리가 신호라도 된 듯이 갑자기 고개를 숙이고 바닥에 토하기 시작했다. 먹은 양보다 토한 양이 더 많았다. 그러고는 정신을 잃었다.

그날, 민수 형이 은수를 택시에 태워 데려다 주지 않았다면 은수는 집까지 오지 못했을 것이다. 택시에서 밖으로 이끌려 나온 은수는 민수 형의 팔을 잡고 지껄였다.

"형, 같이 가면 안 돼?"

"어딜 가, 인마."

"형하고 나하고 잘 맞을 것 같아. 이름도 똑같이 수 자로 끝나잖아."

"알았어. 빨리 들어가."

“형!”

“잘 자라.”

“형!”

“간다.”

민수 형은 어둠 속으로 사라졌다.

왜일까? 금방 주위가 텅 비면서 은수만 세상 중심에 홀로 서 있는 것 같았다. 엄마의 얼굴이 떠올랐다. 어쩌지? 어쩌지? 은수는 자신의 뺨을 철썩철썩 갈겼다.

“어쩌지? 어쩌지?”

반듯이 걸으려고 해도 자꾸만 걸음걸이가 허둥댔다. 경비 아저씨가 볼까 봐 어둠 속에서 한동안 분위기를 살핀 뒤 재빨리 엘리베이터를 타고 올라갔다.

복도 쪽으로 있는 창문을 두드리자 기다리고 있었던 듯 누나가 현관문을 열어 줬다.

“술 냄새!”

“쉿, 조용히 해, 누나!”

“어디 갔다 와?”

“아빠는?”

“자.”

은수는 운동화를 벗어 신발장 안에 놓고 안쪽으로 돌아서다 휘청하고 그대로 주저앉았다.

"괜찮아?"

누나가 걱정스러운 얼굴로 물었다.

"괜찮아. 근데, 누나 나랑 춤출래?"

"춤?"

"응."

"춤 싫어하잖아?"

은수는 대답없이 누나의 방으로 들어갔다. 그러고는 장롱에서 이불을 꺼내 바닥에 깔았다. 요도 깔았다. 가장 아래에 있는 여름 이불도 깔았다. 발이 푹푹 빠지도록 두툼해졌다.

작년 크리스마스 때 깍뚜기 아저씨가 준 두꺼비 모양 오디오의 켜짐 버튼을 눌렀다. 곧바로 노래가 흘러나왔다. 노래에 맞춰 은수가 춤을 추었다. 은수의 모습을 물끄러미 바라보던 누나는 그 곡이 끝나고 다음 곡이 나오자 은수와 같이 춤을 추기 시작했다.

그저 눈치만 보고 있지.

늘 속삭이면서도, 사랑한다는 그 말을 못해.

그저 바라만 보고 있지.

그저 속만 태우고 있지…….

애절하면 애절한 대로 기쁘면 기쁜 대로 가사에 따라 춤을 췄다. 다리가 불편한 누나는 열 곡 춤을 추는 동안 세 번이나 넘어졌다. 그래도 일어나 춤을 추고 또 췄다. 오징어처럼 몸을 뒤틀며 입을 쩍 벌리고 이가 쏟아질 정도로 웃으며 췄다. 눈물이 땀처럼 흐르도록 췄다. 땀으로 범벅된 머리가 얼굴에 달라붙어 여귀처럼, 광녀처럼 보이도록 춰 댔다.

시디 한 장에 담겨진 열 곡이 끝나자 은수와 누나는 이불 위에 털썩 주저앉았다. 한참 동안 숨을 고르느라 어깨를 들썩이며 식식거려야 했다.

"누나, 춤 좋았어?"

누나는 대답 대신 훌쩍이며 은수를 꼬옥 끌어안았다.

"행복해!"

"누나, 건강해야 해. 그게 억울한 거 복수하는 길이야."

누나는 고개를 끄덕였다. 그리고 뒤틀린 손등으로 눈물을 닦아 내느라 한참을 애쓰다가 말했다.

"나 글 열심히 쓸 거야."

“도와줄게.”

“고마워.”

아무리 닦아 내도 자꾸자꾸 눈물이 솟아났다. 결국 솟아날 테면 나 봐라 하는 투로 내버려 두었다. 누나가 불편한 손으로 은수의 눈물을 닦아 주며 말했다.

“열심히 살자.”

“응.”

“아빠 용서하고.”

은수는 흠칫했다.

“아빠?”

“아빠, 착해.”

“알아, 하지만 지금은 아니잖아.”

쾅쾅, 문을 두드리는 소리에 대화는 그쳤다.

은수와 누나는 바짝 긴장한 얼굴로 마주 보았다.

“문 열어!”

아빠의 목소리가 주먹으로 문을 두드리는 만큼의 무게로 들려왔다. 이어 문이 버썩 열렸다.

“너희들 미쳤냐!”

은수가 머뭇거리고 있는데, 누나가 평소와 다르게 높은 톤의 목소리에 빠르고 정확한 발음으로 대꾸했다.

"춤 췄어요!"

"춤 춰? 한밤중에?"

"아빠도 한밤중에 기타 치잖아요?"

"뭐?"

목소리 높여 달려드는 누나의 모습에 아빠는 흠칫 놀라는 기색이었다. 하지만 이내 얼굴을 험악하게 굳히며 호통을 쳤다.

"애비가 이러니까 너까지 지금 깔보는 거냐?"

"아빠는요!"

누나도 대들었다.

"이게 그냥!"

아빠가 휠체어를 밀면서 누나에게 주먹을 휘두르려 하자 이번에는 누나가 아빠의 휠체어를 몸으로 밀어 문 밖으로 내보냈다. 아빠는 얼굴이 붉어지며 문 안으로 들어오려 했고, 누나는 밀어내려다 서로 뒤엉켰다. 그 바람에 아빠가 휠체어에서 툭 떨어지고 말았다. 동시에 누나도 나도 놀라며 뒤로 물러섰다.

있어서는 안 되는 일이었다. 아빠는 재활 치료를 받으라는 의사들의 권유에도 불구하고 한사코 휠체어에서 내려오지 않으려 했다. 의사 선생님이나 엄마가 휠체어에서 내려오길 권유하면 아빠는 화를 냈다.

"내가 기어 다니는 벌레야? 차라리 죽으라고 해!"

그렇게 지금껏 휠체어를 고집했던 아빠가 방금 땅에 떨어져 버린 것이다. 아빠의 말대로라면 벌레가 된 셈이다.

순간, 더 놀라운 일이 벌어졌다. 아빠가 갑자기 엉엉 울기 시작했다. 텔레비전에서 시골 풍경이 나올 때 들을 수 있는 황소 울음소리처럼 우엉우엉 울리도록 울었다.

"아빠!"

누나가 아빠의 어깨를 쓸어안으며 훌쩍였다.

"놔, 이년아!"

아빠가 모지락스럽게 누나를 뿌리쳤다. 누나는 장롱에 쿵 머리를 부딪치며 나뒹굴었다. 이불이 두툼하게 깔려 있어서 다행이었다. 누나의 코에서 코피가 터져 이불에 주루룩 흘러내렸다. 이불은 금세 누나의 코피를 빨아들였다.

"나쁜 년!"

아빠가 욕을 씹어뱉더니 어기적어기적 엉덩이로 바닥을 쓸며 휠체어를 밀고 안방으로 사라졌다. 아빠 말대로 벌레가 되어 사라졌다.

"누나!"

은수가 맨손으로 누나의 코피를 닦아 주고 코를 쥐어 주려고 하자 누나가 홱 뿌리쳤다. 그러고는 팔뚝으로 코피를 쓰윽 문지르고 혼잣말하듯 중얼댔다.

"난 괜찮아. 난 사람이 아니잖아. 난 장애인이잖아. 혼자서 아무것도 할 수 없고 도움만 받는, 난 사람이 아니잖아!"

은수는 누나를 끌어안고 어린애처럼 소리내어 울었다.

"누나는 사람이야! 누나는 다 할 수 있어! 누나야, 울지 마. 내가 있잖아."

그날 밤 잠자리에 누운 은수는 참으로 오랜만에 옛날의 아빠 모습을 보았다.

회사 체육대회 날이었다. 검도 동우회 회원들의 장기 자랑 차례가 되었다. 세 명씩 두 줄로 선 여섯 명의 회원들이 검은 도복을 입고 강당에 섰다. 두 명은 여자였다. 앞에는 대나무와 짚단이 세워져 있었다.

먼저 검술 시범이 있었다. 여섯 명의 검사들은 일사불란하게 칼빛을 번쩍이며 시범을 보였다. 사방에서 박수가 터져 나왔다.

이어 각자의 장기를 보여 주었다. 다섯 번째가 아빠 차례였다. 아빠는 다른 아저씨보다 점잖고 아주 우아하게 걸어 나갔다. 그러고는 몇 가지 동작 후에 오른 다리를 접어 높이 올려 왼 다리에 붙이고 검을 높이 세워 오른쪽 어깨에 붙였다. 영화에서나 볼 수 있는 멋진 폼이었다. 박수가 터졌다. 은수는 아빠가 취한 자세는 금계독립세라는 것을 알고 있었다. 예전에 아빠가 금계독립세는 금빛 닭이 지붕 위에서 목을 높이 빼고 꼬끼오, 우는 모양새라고 알려 줬었다. 그것은 남자가 가져야 하는 자존심이며 마음가짐으로, 한문으로 호연지기(浩然之氣)라 한다고 했다. 그런 아빠였다.

또 클래식 기타를 칠 때는 얼마나 멋졌던지. 아빠 회사에서 마련한 시 낭송회 날, 아빠가 특별 출연을 해서 클래식 기타를 쳤던 모습도 떠올랐다. 그날, 은수네 가족은 아빠의 차를 타고 시낭송회가 열리는 카페에 갔다. 은은한 조명등, 낮게 웅얼대는 속삭임, 잔잔하게 물결치는 음악, 은수에게는 무척 낯설었지만 신기하고 멋졌다.

문제는 누나였다. 대번 신명이 났다. 다른 사람들은 알아듣지 못할 발음으로 꽥꽥 소리치며 이리저리 야단이었다. 시낭송회의 특별 출연 순서가 시작되자, 어떤 아저씨가 첫 순

서로 하모니카를 불었다. 이어서 어떤 아저씨들이 기타 반주에 맞춰 오카리나를 합주했다. 머리가 벗겨진, 할아버지인지 아저씨인지 헷갈리는 한 사람은 색소폰을 불었다. 회사 이사님이라고 했다.

마침내 아빠가 소개되었다. 아빠가 나왔다. 의자에 앉아 발판을 놓고 기타를 안았다. 사회자가 마이크를 갖다 댔다. 아빠가 기타를 연주했다. 첫번째 곡은 「사랑의 기쁨」이었다. 하도 많이 들어 죄다 외운터라, 만약 기타를 배운다면 손쉽게 칠 것 같은 곡이었다. 연주가 끝나자 사람들이 박수를 쳤다. 아빠는 다음 곡을 연주하기 전에 말했다.

"다음 곡으로 알함브라 궁전의 추억을 들려 드리겠습니다. 아직 완전하지 못하므로 하다가 틀릴 확률이 백 퍼센트입니다. 계속 연습해서 완벽하게 되면 우리 가족 모두와 함께 스페인의 알함브라 궁전으로 가서, 그 앞에서 이 곡을 연주하려고 합니다. 그럼 그때 같이 갈 우리 가족을 소개해 드리지요. 먼저 제 짝꿍입니다."

엄마가 일어나 인사했다. 박수 소리가 요란했다.

"다음에는 우리 맏딸 은선이를 소개해 드리겠습니다."

누나가 일어나다 한 번 주저앉았다. 하지만 곧 다시 일어나 손을 높이 들었다. 박수 소리가 더욱 커졌다. 아빠가 말했다.

"장애가 있지만 아주 명랑하고 춤을 잘 춥니다. "

그러자 누군가가 "춤 솜씨 좀 봅시다." 하고 소리쳤다. 여기저기서 좋아요 좋아, 소리치며 박수를 쳐 댔다. 누나는 기다리고 있기라도 했다는 듯 대뜸 무대 위로 올라갔다. 아빠는 의자에서 일어나 뒤로 물러나 주었다. 사회자가 음악을 틀었다. 누나의 춤이 시작됐다. 은수는 바닥만 내려다보았다. 엄마의 눈에서 눈물이는 줄줄 뺨을 타고 흘러내렸다.

갑자기 아, 하는 소리가 들렸다. 무대를 보니 누나가 넘어져 나뒹굴고 있었다. 아빠는 얼굴이 벌게져 서 있었다. 아빠 동료들이 뛰어 올라가 누나를 일으켜 세운 후 부축해 의자에 앉혔다.

그러는 바람에 막상 아빠는 알함브라 궁전의 추억을 연주하지 못했다. 백 퍼센트 틀렸을 그 곡.

아빠

민수 형이 경상북도에 있는 대안 학교로 갔다는 말을 들은 것은 은수가 누나와 춤을 췄던 날로부터 정확히 일주일 후였다. 그 말을 들려주고 나서 동호는 덧붙였다.

"이제 두 길밖에 없다고 형들이 그랬어. 각자 돈을 모아서 만나는 거랑 비지니스를 하는 거."

"비지니스? 알바?"

"짜아식!"

동호가 씨익 웃고는 덧붙였다.

"나눠 쓰는 거지."

"나눠 써? 돈을?"

묵묵히 듣고 있던 혁재가 끼어들었다.

"이따 공원에서 만나자. 우리가 쓸 돈을 벌어야지."

동호가 말하던 비지니스가 무엇인지 은수는 그날 오후 근린공원에 가서야 알게 되었다. 물론 어느 정도 짐작은 하고 있었다. 그러나 은수가 생각했던 것과는 전혀 다른 방법으로 목적을 이루어 내고 있었다.

공원 한쪽에는 초등학교 5, 6학년쯤 되는 아이들 일곱 명이 장난치며 놀고 있었다. 여자아이가 두 명이고 나머지는 남자아이들이었다. 한쪽에서는 줄넘기를 하고, 다른 한쪽에서는 배구공을 갖고 서로 빼앗고 도망치며 놀고 있었다. 그쪽으로 다가간 혁재와 동호는 벤치 위에다 교복을 벗어 놓았다. 그러고는 마주 서서 중국 무협 영화 「취권」에 나오는 그런 폼으로 서로 겨루는 시늉을 해 보였다.

"으, 취한다. 내가 취권을 보여 주지."

"난 장풍을 날릴 거야."

그런 말을 주고받고는 이어 쿵후와 같은 폼으로 치고받는 시늉을 했다. 주변에서 놀던 아이들이 주위에 모여들었다.

다투던 혁재와 동호가 갑자기 하던 짓을 멈추었다. 그러더니 덩치가 가장 큰 녀석에게 다가가 말했다.

"네가 짱이냐?"

"아, 아니."

덩치 큰 녀석이 말을 더듬었다.

동호가 헤헤헤 웃으며 끼어들었다.

"이 세상에 공짜 있는 거 봤니?"

녀석은 고개를 가로저었다.

한쪽에 서 있던 다른 녀석들이 슬슬 뒷걸음질을 치자 혁재가 다가가 말했다.

"난 의리 없는 녀석을 제일 싫어해."

그러면서 은수에게 눈짓을 보냈다.

은수는 대번에 눈치채고 녀석들이 공원 밖으로 나갈 수 있는 오솔길을 가로막아 섰다.

동호가 계속 말했다.

"쇼를 했더니 배고프거든. 우리는 돈을 빼앗는 양아치가 아니야. 그냥 관람료를 받을 뿐이야."

"너, 나 텔레비전에서 못 봤어?"

혁재가 웃으며 끼어들었다.

"아니."

"우린 탤런트야 인마. 그래서 공짜로는 연기 안 해."

아이들이 슬슬 뒷걸음질쳤다. 동호가 은수를 향해 말했다.

"관람료 안 내고 도망친다고 살인 펀치는 날리지 마. 그냥 나처럼 이쁘게 다뤄."

그러고는 손가락 마디를 꺾어 뚝뚝 소리를 내고 가까이 서 있는, 덩치가 큰 남자아이의 얼굴을 향해 주먹을 내질렀다. 아이는 얼굴이 하얘지면서 비틀거리더니 풀썩 주저앉았다.

"맞지도 않았는데 자빠져?"

동호는 다른 아이들을 둘러보며 물었다.

"내가 때렸어, 안 때렸어?"

모두 긴장한 얼굴이었다. 동호의 눈길이 닿은 녀석은 고개를 가로저어 보였다.

이번에는 혁재가 옆에 있는 나무를 향해 옆 차기를 쭉 뻗고는 공중에서 빙그르 돌며 뒷 차기로 다시 한 번 나무 둥치를 갈겼다. 아이들의 얼굴이 더욱 하얘졌다.

한 녀석이 두리번거리며 호주머니를 뒤지더니 은수에게 이천 원을 꺼내 주었다. 다른 녀석들도 있는 대로 돈을 꺼내 건네주었다. 만 원짜리 한 장을 내놓기도 했다. 여자아이들은 금방 울어 버릴 듯한 얼굴이면서도 돈은 내놓지 않았다. 혁재와 동호 또한 내놓으라는 눈치는 주지 않았다. 남자아이들은 돈을 빼앗겨도 대개 그냥 넘어가는데 여자아이들은 꼭 문제를 일으킨다는 말을 들은 적이 있었다.

"자, 고맙다. 다음에 더 좋은 쇼를 보여 줄게."

혁재가 말했다.

"얘들아, 또 보자."

동호가 손을 흔들어 보였다.

그러고는 재빨리 벤치 위에 벗어 놓았던 교복을 입고 그곳을 떠났다.

"은수야, 내가 뭐 잘못했니?"

동호가 웃으며 물었다.

은수는 어이가 없어 동호의 말에 대꾸하지 않았다. 동호가 은수의 표정을 흘긋 살피고는 덧붙였다.

"난 묘기를 보여 주었을 뿐이야. 그랬더니 녀석들이 관람료를 주잖아. 고맙다고."

잠자코 걷던 혁재가 걸음을 멈추고 은수를 똑바로 쳐다보았다.

"은수 네가 도망갈 길을 잘 막아 줘서 성공적이었어. 나는 사실 얼라들이 도망가면 그냥 놔두려고 했거든."

은수는 혁재의 말을 듣자마자 등에 써늘한 기운을 느꼈다. 말려들었구나! 별수 없이, 별수 없이! 그러면서도 그냥 받아들여야 한다고 자신을 몰아세웠다.

그날 번 돈으로 담배 한 갑을 사고 피자를 한 판 사서 먹었다. 그러는 내내 은수는 혁재와 동호와 어울려 맘껏 놀았다. 그동안 하지 않던 욕도 실컷 해 보았다. 욕이라는 게 하면 할수록 얼마나 신바람이 나던지, 순간순간 싱거운 국에 소금을 넣듯 맛이 살아났다. 또 길가 쓰레기통도 차 보고, 지나가는 여학생들을 향해 허튼 말을 던지는 것 또한 가슴에 차 있던 막막함과 불안감을 털어 내는 데 도움이 되었다.

은수는 밤 열두 시가 넘어 집에 들어갔다. 더 놀자고 고집 부린 것은 은수였다. 혁재는 그러는 은수를 처음 보는 사람 보듯 대했다.

"너 어떻게 된 건 아니지?"

"난 새벽에 들어가도 돼. 아니, 내일 아침에 들어가도 돼."

혁재는 은수를 물끄러미 바라보았다.

"열한 시면 우리 엄마 알바 마치고 오거든. 지금 가야 돼."

"동호 너도 가야 해?"

"당근이지. 학원 땡땡이친 거 들키면 쌍코피 터질 각오해야 해."

"다 가! 다 꺼지라고! 나 혼자 놀 거야."

은수가 씹어뱉듯 말했다.

혁재와 동호를 보내고 나서 은수는 천천히 걸었다. 길가에 있는 쇼윈도도 들여다보고 웅성거리는 거리에서 사람들과 휩쓸려도 보았다. 참 오랜만에 밤늦게 돌아다녀 보았다. 아빠가 사고로 병원에 입원한 뒤로 가족끼리 밤에 외출한 적이 한 번도 없었다. 더구나 엄마가 가출한 뒤로는 저녁 식사까지 책임져야 했기에 밤에 시내에 나오는 것은 상상도 못할 일이었다. 그랬는데, 혁재를 만나면서 모든 게 바뀌었다. 후회되지는 않았다.

은수 또래의 남자아이와 동생인 듯한 여자아이, 그리고 아빠와 엄마 나이로 보이는 부부가 앞서가고 있었다.

"뭐가 맛있든?"

그 애 아빠가 물었다.

"꼬치요."

남자아이가 말하자 옆에 나란히 걸으면서 여자아이가 끼어들었다.

"난 닭가슴살."

"당신은?"

"난 육회. 당신은요?"

"난 다야. 모두 다 맛있었어. 가족들의 사랑을 소스로 발라서 먹었으니까."

그 애 아빠는 튀어나온 배를 쓸어내려 보이고는 껄껄껄 웃으며 말했다. 가족들 모두 따라 웃었다.

은수에게도 저런 추억은 얼마든지 있었다. 다만 장애가 있는 누나 때문에 사람들이 북적거리는 뷔페에 간 기억은 딱 한 번밖에 없었다. 대부분 따로 방이 있는 곳에서 외식을 했다.

먹는 것! 먹는 것을 떠올리자 식탁이 바로 뒤따랐다. 엄마가 가장 아끼는 것은 식탁이었다. 식탁에서 가족끼리 밥을 먹을 때가 가장 행복하다고 엄마는 말했다. 은수는 그 말을 못 들어도 백 번은 들었지 싶었다.

"아!"

갑자기 신음처럼 감탄사가 걸음을 세웠다. 그러고 보니 지금 살고 있는 13평 아파트에서 가장 값진 것은 식탁이었다. 엄마는 식탁만은 최고급으로 사야 한다면서 지금의 식탁을 샀었다. 애지중지 아끼기도 했다. 식탁은 투박할 정도로 두꺼운 재질로 만들어졌다. 의자 또한 등받이 높이는 낮아도 매우 튼튼했다. 지금도 사용하고 있는 그 식탁은 좁은 주방의 반을 차지하고 있었다.

먹는 것!

가족끼리 마주 앉아 밥을 먹는 것!

그곳에는 엄마가 있어야 했다. 그러나 없다.

그래도 지금 세 식구는 그 식탁에서 밥을 먹고 있다.

생각에 잠겨 집으로 돌아오는데, 어디선가 통닭 튀기는 냄새가 후욱 맡아졌다.

부부 통닭.

임대 아파트로 이사 오고 두 달 정도 엄마와 사는 동안, 가족끼리 세 번인가 네 번 왔던 통닭집이었다. 그 집 주인은 엄마와 고향이 같았다.

누나는 통닭을 잘게 찢어 줘야 먹을 수 있었다. 물론 닭다리를 잡고 뜯어먹을 수는 있지만 입 쪽으로 팔을 굽히기도 힘들고, 그러다 순간 팔이 쭉 뻗쳐지기라도 하면 옆 사람들에게 피해를 줄 수 있었다. 대체로 엄마가 해줬지만, 그날만은 아빠가 통닭을 찢어 누나 앞에 놓아 주었다. 누나는 아빠의 그런 모습에 행복해 했다. 그러다 누나가 좋아하는 음악이 나오자 그곳에서도 몸을 흔들며 춤을 추기 시작했다.

“하지 마!”

아빠가 얼굴을 굳히며 말했다.

“하지 말라고!”

목소리가 높아졌다.

순간 깜짝 놀란 누나가 바닥에 주저앉아 울기 시작했다. 사람의 울음소리라기보다는 공포 영화에서 나오는 어떤 괴물의 울부짖음 같았다.

그날 이후 부부 통닭집은 한 번도 간 적이 없었다. 얼마 지나지 않아 엄마가 가출하자 이제는 부부 통닭집에 갈 희망이 아예 사라졌다.

부부 통닭집 앞에서 가게 안을 바라보고 있는데, 누군가가 어깨를 툭 쳤다.

"집에 안 들어가?"

깍두기 아저씨였다.

"들어가야죠."

"아무 일 없지?"

"네."

아저씨는 무언가 말을 할 듯 말 듯하며 은수의 눈치를 살폈다.

은수는 무슨 말이든 하고 싶었다. 할 말이 목구멍에 가득 차서 나갈 구멍을 찾아 마구 소용돌이치는 느낌이었다. 그러나 말들이 한데 엉켜 버려서, 헝클어진 실타래를 간추리는 것처럼 어려웠다.

깍두기 아저씨는 아저씨대로 그런 은수의 속내를 훤히 들여다보며 마음의 헝클어짐이 어느 정도 간추려지길 기다렸다.

"집에서 나온 거냐, 들어가는 중이냐?"

깍두기 아저씨가 물었다.

"그냥……."

"저녁은 먹었냐?"

은수는 대답하지 않았다.

"배고프겠다. 통닭 먹을래?"

아저씨는 대답을 들을 생각도 없다는 듯이 부부 통닭집 출입문을 열고 들어갔다.

"왔는가?"

기름 솥에 닭을 튀기면서 주인 아저씨가 깍두기 아저씨에게 인사말을 건넸다.

"바쁘지? 한 마리 줘. 반반으로."

"얜……?"

주인 아저씨가 은수를 쳐다보며 뒷말을 사렸다.

"알잖아? 나하고 해병대……."

"아하! 알다 마다. 옛날에는 잘 나가던……."

"장래가 촉망되는 대기업 중견 간부였지."

말하면서 깍두기 아저씨는 은수를 흘긋 곁눈질했다. 은수는 별로 느끼는 게 없었다. 남의 얘기를 듣는 것 같았다.

가게 안은 한가했다. 두 테이블에 손님이 있었는데 4, 50대 아저씨와 아줌마들이었다. 이미 술에 취해 벌건 얼굴로 떠들어 대고 있었다.

"저녁 먹었니?"

깍두기 아저씨의 묻는 말에 어떻게 대답해야 할지 은수는 잠깐 머뭇댔다.

"알았다. 싸 줄 테니까 들어가서 같이 먹어라. 너만 먹기가 좀 그렇지?"

그리고 나서 주방에 대고 소리쳤다.

"그냥 싸 줘."

은수는 잠자코 있었다. 머릿속은 여러 생각들로 꽉 찼다. 장 보는 것은 은수가 도맡아 하고 있지만 남이 사 준 음식을 들고 간 적은 한 번도 없었다. 솔직히 오랫동안 통닭은 먹어 보지 못한 지라, 무척 먹고 싶긴 했다. 하지만 얻어먹는다는 게 좀 꺼림칙했다. 아빠에게 만약 깍두기 아저씨가 사 준 통닭이라고 하면 어떤 반응이 나올까 그것도 마음에 걸렸다. 삐뚤어질 대로 삐뚤어진 아빠는 네가 거지냐! 외친 후 그 통닭을 쓰레기통에 당장 버리라고 소리칠 수도 있었다.

그렇더라도 은수는 아빠를 이해할 수밖에 없다. 깍두기 아저씨는 해병대 선배지 않는가. 아빠가 장애를 입기 전에는 깍두기 아저씨한테 자주 밥도 사고 술도 샀다고 한다. 그때 깍두기 아저씨는 여러 면에서 살기 힘든 시기였다고 한다.

그런데 이제는 아빠하고 아저씨의 입장이 바뀌었다. 아저씨는 가끔씩 텔레비전에 나올 정도로 유명세를 타고 있지만 아빠는 방 안에 처박혀 있을 뿐이었다. 깍두기 아저씨는 하루 종일 바쁘게 자기 일을 하면서 이웃도 돕고 여기저기 사회단체에 참가하여 활동하고 있지만, 아빠는 하루 종일 문을 잠그고 누워 있거나 되지도 않는 연주 솜씨로 알함브라 궁전의 추억만 퉁기고 있었다.

통닭은 튀겨져 종이 상자에 담겼다.

"나는 맥주 한잔하고 갈 테니 너 먼저 가거라."

깍두기 아저씨의 말에 은수는 통닭을 받아 들었다.

"잘 먹겠습니다. 고맙습니다."

현관문은 잠겨 있지 않았다.

복도 쪽 누나 방에 불이 켜져 있는 것으로 봐 누나는 아직 자지 않는 것 같았다. 아빠 방에서 기타 소리가 나지 않는 것으로 봐 아빠는 누워 있든지 자든지 하는 것 같았다.

싱크대를 보니 빈 그릇이 그냥 놓여 있었다. 각자 알아서 저녁을 먹었다는 말이었다. 갑자기 화가 났다. 이 집의 가장 노릇에다 가정부 노릇까지 해야 하는 자신의 처지가 한심하고 불쌍했다.

아빠가 교통사고만 나지 않았어도 보다 편하고 행복했을 것이다.

엄마가 가출하지만 않았어도 조금은 행복할 것이다.

누나가 보통 사람과 같았다면 보다 행복할 것이다.

아빠가 비록 몸이 불편하더라도 집안일에 적극적이라면 형편은 훨씬 나아질 것이다.

누나가 비록 장애를 가졌지만 협조적이면 또한 형편이 나아질 것이다.

그런데 어느 한 가지도 그렇게 되지 않았다.

화가 났다.

은수는 식탁 위에 통닭 꾸러미를 놓고 한동안 생각에 잠겼다. 그러고는 벌떡 일어나 통닭 꾸러미를 들어 다용도실에 있는 쓰레기통에 던져 버렸다. 그러고는 방으로 들어갔다.

침대로 쓰는 매트리스에 벌렁 드러누웠다. 눈을 감고 잠을 자려고 뒤척거렸다. 행복했던 옛날 일들이 스쳐 지나갔다. 아빠가 교통사고를 당하지 않았다면 알함브라 궁전의 추억을 완벽하게 연주하게 됐을 것이고, 엄마와 누나, 그렇게 네 식구가 스페인 그라나다에 있는 알함브라 궁전 여행을 다녀 왔을 거였다.

알함브라 궁전 앞에 아빠는 의자를 갖다 놓고 앉았다. 알 함브라 궁전을 지키는 경비들이 왜 그러느냐 묻는 것 같았 다. 아빠는 스페인어로 딸을 위해 알함브라 궁전의 추억을 연주하려고 한다고 했다. 경비는 콧수염을 쓰다듬으며 잠깐 생각에 잠기더니 기다리라고 했다. 그러고는 조금 있다 신사 복 차림의 직원을 데리고 왔다. 그곳 책임자 같았다.

아빠가 연주하는 알함브라 궁전의 추억이 궁전 앞에 울려 퍼지기 시작했다. 구경 왔던 많은 사람들이 은수 가족 앞으 로 모여들었다. 연주가 끝나자 박수 소리와 함께 앵콜이 이 어졌다. 그 사이 방송국 카메라맨까지 달려왔다.

아빠는 다시 한 번 연주했다. 많은 사람들이 동양에서 온 사람이 알함브라 궁전의 추억을 연주하자, 솜씨에 감탄하면서도 신기하다는 듯 감상했다. 이어 앵콜에 답하여 아빠가 편곡한 「아리랑 환상곡」을 연주했다. 누나가 특유의 오징어 춤을 추었다. 박수는 더욱 거세어져 양철 지붕을 두드리는 우박 소리와 같이 커졌다. 실제로 비록 양철 지붕을 두드리는 우박 소리를 들어 보지는 못했지만, 그럴 것 같았다.

방문을 똑똑똑 노크하는 소리에 은수가 눈을 뜨면서 상상 속 아빠의 모습이 사라졌다.

"자?"

누나였다.

"아니."

"나와 봐."

"왜?"

누나는 아무 대답 없이 문을 열어 놓은 채 걸어갔다.

은수는 눈을 비비고 나서 주방으로 나왔다. 식탁 위를 살펴보니 쓰레기통에 던져 버렸던 통닭 꾸러미가 놓여 있었다. 누나는 말없이 식탁 의자에 앉았다.

잠시 침묵이 흘렀다.

누나가 훌쩍였다.

또 침묵이 흘렀다.

"나쁜 새끼!"

그러고는 누나가 식탁 위에 놓인 통닭 꾸러미를 들고 비척비척 걸어가 도로 쓰레기통에 던졌다. 바깥에 떨어지자 주워서 다시 집어넣었다. 그러고는 방으로 들어가 버렸다.

은수는 방에 들어가 누운 채 생각에 잠겼다. 은수네 반에서 자신처럼 가장 노릇에 엄마 노릇까지 하는 아이는 아무도 없었다. 주위에서 상을 주고 칭찬을 한들 무슨 소용이 있단 말인가. 여전히 집에 오면 밥을 해야 했고, 반찬을 준비해야 했다. 성당과 교회에서 반찬을 가져다주기도 하고 구청이나 주민센터에서 도움을 주기도 하지만, 그것만으로 살아갈 수 있는 것은 아니었다.

다행히 일주일에 한 번 봉사자들이 와서 아빠를 목욕시켰다. 자식들한테 방바닥에 앉아 있는 것조차 보이지 않는 아빠가 봉사자에게는 왜 몸을 맡기는지 의문이었다. 그러고 보니 화장실에서는 어떻게 용변을 해결하는지도 의문이었다. 아빠는 한 번도 화장실에서 용변 보면서 도와달라고 한 적이 없었다. 은수나 누나가 있을 때 급히 용변을 보게 될 때에는 꼭 큰 소리로 말했다.

"나오지 마. 나 화장실 간다!"

그런저런 생각에 잠겨 있는데, 아빠의 목소리가 들렸다.

"이게 무슨 냄새냐?"

잠시 후 누나의 대꾸가 이어졌다.

"은수가 통닭을 쓰레기통에 버렸어요."

"뭐야?"

휠체어 바퀴가 문에 턱 부딪히는 소리에 이어 아빠가 문을 두드리며 소리쳤다.

"네가 사 온 통닭이냐?"

"깍두기 아저씨가 사 주셨어요."

잠시 시간을 두고 나서 툭 뱉는 듯한 말소리가 뒤따랐다.

"잘했다."

그 말을 듣자마자 은수는 피가 몽땅 머리로 쏠리는 듯 화가 치밀었다. 아빠의 쓸데없는 자존심에 대한 반발이었다.

은수는 벌떡 일어났다. 아빠는 아직 식탁 옆에 있었다. 은수는 쓰레기통으로 다가가, 누나가 던져 넣은 통닭 꾸러미를 꺼내 들었다. 그것을 가지고 와 식탁 위에 놓고 포장을 벗겼다. 그리고 깨소금까지 펼쳐 놓은 뒤 다리 하나를 들어 한 입 물어뜯었다. 그러고는 아빠와 누나를 쳐다봤다.

아빠의 눈이 이글거리는 것을 느꼈다. 순간 주먹이 날아왔다. 그러나 은수가 쉽게 피할 수 있는 속도였다.

"너 나를 뭘로 아냐?"

"아빠로요."

은수는 잠깐 시간 차를 두고 나서 덧붙였다.

"불쌍한!"

아빠의 얼굴이 일그러졌다. 이번에는 식탁을 쾅 쳤다. 그러고는 소리쳤다.

"내가 이렇게 병신이 됐다고 너까지 날 무시하는 거냐?"

"아빠가 존경받을 수 있게 하셨어요?"

"존경받지 못할 처지라도 어쨌든 너는 내 아들이야!"

"아들이라기보다 이 집 종이잖아요?"

"뭐라고?"

"집에 돌아오면 집 안의 모든 일을 제가 맡아 한다는 게 불쌍하지도 않으세요?"

"내가 몸이 성한 데도 이러고 있단 말이냐?"

"우리 옆 반에도 아빠가 휠체어 타는 애가 있대요. 그런데 그 애 아빠는 밥하고 빨래하고 설거지까지 다 한대요."

은수의 말에 아빠는 움찔하며 다음 말을 잇지 못했다. 시간을 두고 나서 가까스로 한 말은 이랬다.

"나도 조금만 더 회복되면 그 애 아빠처럼 할 수 있어."

"지금도 하실 수 있잖아요?"

"알함브라 되는 날부터 할 거다."

"알함브라보다 더 중요한 건 술을 끊는 거예요."

"유일한 내 낙인데 그것마저 끊어야 하나?"

그 말에 은수는 할 말을 잊었다. 어찌 보면 유일한 낙일 수도 있었다. 엄마도 없는 데다 하반신은 전혀 움직일 수 없고 두 손마저 불편했다.

"그러니까 물리 치료를 계속 받으시라잖아요!"

"물리 치료? 되지도 않는 물리 치료 받아서 뭐에 쓰지?"

은수는 입을 꾹 다물었다. 아빠가 이어 말했다.

"또 물리 치료 받아서 조금 나았다고 하자. 그래서 뭐에 쓰지? 어차피 다리는 전혀 못 쓸 게 뻔하잖냐?"

은수는 이제 할 말이 있었다.

"그럼, 알함브라 궁전의 추억을 치면 무엇에 쓰지요?"

아빠가 다시 입을 다물었다. 은수가 계속 말했다.

"엄마가 없는 알함브라 궁전은 무슨 의미가 있지요?"

그 말에 아빠는 갑자기 얼굴이 붉어졌다.

"그걸 연주할 수 있다는 것은 내 손가락이 정상이 됐다는 뜻인 줄 몰라서 하는 말이냐?”

“그러고는요?”

“그러고는?”

“그러고는 뭐하시게요? 취직요? 연주 여행요?”

아빠의 얼굴이 더욱 빨개졌다. 순간 아빠는 식탁 위에 있
는 통닭을 휘익 쓸어 주방 바닥으로 내던지고는 소리쳤다.

“이런 나쁜 놈의 자식! 네가 지금 이 병신 애비에게 비아냥
거리는 거냐!”

내내 지켜보고 있던 누나가 울음을 터뜨렸다.

“시끄러! 울음 그치란 말이야!”

아빠가 소리쳤다.

누나는 울면서 자기 방으로 들어가 버렸다.

아빠도 휠체어를 돌려 방으로 들어가 버렸다.

은수 역시 바닥에 널브러진 통닭을 그대로 두고 방으로 들
어가 버렸다.

따라와

아빠와의 다툼이 있은 후, 일주일가량 서먹서먹한 관계가 계속되었다.

일주일째 되는 날, 혁재가 민수 형이 만나고 싶어 한다는 말을 전해왔다.

"그 형, 대안 학교에 갔잖아?"

"그랬지."

"근데, 왜?"

"잠깐 왔대. 대안 학교도 그만둔다나 봐."

"그럼 대학은?"

"검정고시로 간대. 아무튼 널 잠깐 보재."

은수는 방과 후 혁재가 일러준 학교 가까이에 있는 피자 가게로 갔다.

"오랜만이다."

민수 형이 다가와 은수의 등을 툭 쳤다.

"오랜만이야, 형!"

순간 콧등이 시큰했다. 오랫동안 떨어져 지내던 친형을 만난 것 같은 기분이었다.

"근데, 무슨 일이야, 형?"

"일단 앉아서 뭘 먹고 따지자."

미리 시켰는지 테이블에 앉자마자 피자 한 판이 앞에 놓였다. 민수 형은 능숙하게 피자를 가르고는 두 쪽, 세 쪽째 말없이 허겁지겁 피자를 먹어 치웠다. 그러고는 콜라 한 컵을 쭈욱 들이킨 후 꺼억, 트림까지 하고 나서 말했다.

"네 얘기 들었다."

"뭘?"

"엄마는 없고, 아빠하고 누나가 장애인이라는 거."

은수는 물어뜯은 피자를 씹지 못하고 입 안에 둔 채 민수 형을 바라보았다. 은수가 반쯤 마신 컵에 콜라를 채워 주며 민수 형이 이어 말했다.

"엄마가 없는 것만도 얼마나 슬픈데."

"형은 엄마 있잖아?"

"있지. 나한테 잘해 주고."

형은 그 말을 하고 나서 잠시 생각하는 눈치더니 한마디 덧붙였다.

"너무 잘해 주는 게 구역질 나서 미칠 지경이야."

"잘해 주는 게 왜 구역질 나?"

은수가 되묻자 민수는 피자 조각을 입에 넣다 말고 도로 꺼내고는 소리쳤다.

"더 알려고 하지 마!"

그 말이 퉁명스러워 은수는 입을 꾹 다물었다.

피자집을 나왔다. 어느새 해가 뉘엿했다. 민수 형이 앞서 가며 물었다.

"영화 보러 갈래?"

가고 싶었다. 영화를 본 지 1년은 넘었지 싶었다. 그것도 학교에서 특별한 날 보여 주는 영화를 본 게 전부였다.

따져 보면 아빠에게 사고가 나기 전까지만 해도 적어도 한 달에 두 번 정도는 가족끼리 영화를 보러 갔었다. 특히 아빠가 영화를 무척 좋아했다. 물론 엄마도 영화를 좋아했다. 아빠는 전쟁 영화를 좋아하고 엄마는 음악 영화를 좋아했다. 아빠와 엄마는 그것 때문에 몇 차례 다투기도 했다. 그 뒤 해결책을 마련했는데, 한 번은 아빠가 원하는 영화를 보고 한

번은 엄마가 원하는 영화를 보는 것이었다. 그 바람에 은수
는 전쟁 영화와 음악 영화를 번갈아 볼 수 있었다.

민수 형이 택시를 세웠다. 택시를 탄다는 것 또한 은수에
게는 새로웠다. 술에 취한 날도 그렇고, 은수에게는 낯선 일
이 민수에게는 일상적인 일 같았다.

"걸어가도 되는데……."

"잔소리 말고 빨리 타!"

「헬로우 톰즈」

붕괴된 가족의 이야기를 그린 영화니까 울더라도 은수가
울어야 할 영화였다. 그런데, 민수 형이 자꾸만 눈물을 줄줄
흘렸다. 부잣집에서 멋대로 자란 민수 형이 왜 울지? 은수는
그런 생각을 하면서 민수 형 얼굴을 보느라 영화를 제대로
보지 못했다.

영화관 밖으로 나오자 민수 형은 언제 그랬냐 싶도록 얼굴
이 밝게 빛나고 있었다.

벌써 밤 아홉 시가 넘어 있었다.

"형, 나 집에 가 봐야 해."

"저녁밥은?"

"집에 가서 먹을게. 아빠하고 누나 밥도 차려 줘야 하고."

은수의 말에 민수 형은 눈을 크게 뜨고 물었다.

"아빠하고 누나는 밥도 못 차려 먹을 정도야?"

그 말에 은수는 움찔했다. 생각해야 대답을 줄 수 있었다. 아빠는 밥을 차려 먹지 못할 정도인가? 허리 아래는 마비 상태다. 하지만 휠체어로 이동할 수 있고 어설프지만 기타를 칠 정도로 두 팔을 쓸 수 있다. 그러면 밥 정도는 차려 먹을 수 있는 게 아닌가?

그럼 누나는? 누나도 젓가락보다는 포크를 사용해야 하고 작은 컵에는 물을 제대로 따르지 못하지만, 큰 컵에는 물을 따라 마실 수 있다. 힘을 들인다면 젓가락질도 할 수 있고, 반찬을 스스로 찢거나 칼로 도막내 먹을 수도 있다. 그렇다면, 때맞춰 식사 정도는 챙겨 먹을 수 있지 않을까? 은수가 그런 생각을 하느라 대답이 없자 민수 형이 재차 물었다.

"스스로 밥도 못 먹을 정도야?"

"아니, 그 정도는 아니야."

"그러면 충분히 밥 정도야 챙겨 먹을 수 있잖아."

이어 그에 대한 해답이라도 주듯 민수 형은 말을 이었다.

"그냥 놔두면 스스로 해결할 거야. 내 말대로 해 봐. 그게 정답이야.”

　은수는 민수 형의 말에 용기를 얻었다. 언제까지나 지금처럼 살 수는 없었다.

　“가자!”

　갑자기 민수 형이 말하며 일어섰다.

　“어딜?”

　“따라와.”

행잉 트리

무조건 따라오라는 민수 형의 말에 지하철역까지 왔다. 민수 형은 은수의 책가방을 보관소에 맡기고 전철을 탔다.

내린 곳은 고속터미널역이었다.

"어딜 가려고?"

은수가 세 번이나 그렇게 물었다. 그때마다 민수 형의 대답은 똑같았다.

"따라와 보면 알아."

어딘가로 떠난다는 것이 좀 두렵기는 했지만 민수 형을 믿고 싶었다. 아니, 낯선 곳에 간다는 호기심이 더 컸다.

민수 형은 공주행 표 두 장을 사서 들고 와 한 장을 은수에게 건네며 말했다.

"여행 가는 거야."

"학교는?"

"너하고 나한테는 학교보다 여행이 더 필요해."

여행이 더 필요해, 여행이 더 필요해.

은수는 몇 번이나 속으로 되풀이했다. 그러면 그럴수록 여행이 필요하다는 생각이 굳혀졌다.

은수를 지켜보던 민수 형이 말했다.

"지금이라도 정 가기 싫으면 말해. 나 혼자 가면 되니까."

그러고는 시간을 두고 물었다.

"결정했어?"

"했어."

"어떻게?"

"갈 거야, 형. 가고 싶어. 떠나고 싶어!"

오후 다섯 시경, 공주종합터미널에 도착했다. 이렇게 된 이상 민수 형의 뒤꽁무니만 졸졸 따라다닐 수밖에 없었다. 누구의 뒤만 졸졸 따라다니면 된다니, 참으로 오랜만에 맛보는 편안함이었다. 하긴 2년 전만 해도 은수는 엄마 아빠의 꽁무니만 따라다니면 모든 게 해결됐다.

그러나 그 후 2년 가까이는 은수가 앞장서서 가야 했다. 그래야 아빠하고 누나와 하루하루를 살아갈 수 있었다. 그건 긴장이었고, 스트레스였고, 힘든 훈련이었고, 아픔을 참아 내야 하는 고통이었다.

누군가에게 내 갈 길을 맡기고 뒤만 졸졸 따라간다는 게 얼마나 마음이 널널해지고 부들부들해지는 일인가. 순간 은수의 콧등이 시큰했다.

"형."

"왜?"

"그냥, 좋아서."

"멍청한 새끼."

민수 형은 터미널을 나오자마자 택시를 탔다. 그러고는 바깥 경치도 좋고 조용한 여관으로 가 달라고 했다. 머리를 짧게 깎은 흰머리 기사 아저씨가 웃는 목소리로 말했다.

"공주는 첨인가베. 여긴 맨 천지가 조용혀. 하여튼 앞에 강 있고 뒤에 산 있는, 잘 아는 여관 있응게 글로 가 보자고."

"배산임수요?"

민수 형 말에 아저씨는 껄껄 웃고는 말했다.

"보기보다 똑똑하네."

아저씨는 처음 보는 사람인데도 대뜸 반말이었다. 보기보다 똑똑하다는 말도 다른 사람의 기분을 건드릴 수 있는 말인데, 서슴지 않았다. 서울이라면 반말은 물론이고 다른 사람 기분을 상하게 하는 말도 할 수 없을 거였다. 그런데도 왜 일까? 만날 때마다 인사를 하는 친한 이웃집 아저씨 같은 느낌이 들었다. 민수 형도 그런지 같이 웃으며 말을 주고받았다.

"여기여. 어뗘, 맘에 들어?"

아저씨가 멈춘 곳은 한창 볏잎이 일렁이는 논에 둘러싸인 여관이었다. 뒤쪽으로는 논 가운데에 큰 둥구나무와 정자가 서 있고 앞쪽에는 드넓은 논 그리고 그 논 너머 강둑, 강둑 너머로 금강물이 아련히 보였다.

여관은 서양의 성곽처럼 지어진 5층 건물로 세 개의 돔이 얹혀 있었다. 돔은 황금 색깔이었고, 건물은 전체적으로 울긋불긋했다. 아직도 빛바랜 만국기가 건물 이마에서 펄럭이고 있었다. 한마디로 동화책 속에 나오는 그림 같았는데 이 건물이 여관이란다. 민수 형이 혼잣말로 나직하게 툭 뱉은 말이 딱 맞는 첫인상이었다.

"유치찬란하다!"

택시비를 건네며 형이 이어 말했다.

"배산임수는 아닌데요?"

그렇게 말하자 아저씨가 뒤쪽에 있는 야산을 가리키며 말을 받았다.

"저건 산이 아니고 언덕인겨?"

산은 산이었다. 다만 좀 떨어져 있고 야트막해서 배산이라
는 말이 약간 어색할 뿐이었다. 민수 형과 은수는 물론, 그렇
게 말한 기사 아저씨도 계면쩍은지 킬킬킬 웃었다.

입구에 들어서기 전, 주인 아줌마가 먼저 마당으로 마중
나왔다.

"어서 와유. 어이구, 아주 신수가 훤한 학생이구면."

주인 아줌마는 은수를 보더니 한마디 덧붙였다.

"둘 다."

크게 웃으면 이가 모두 쏟아질 것같이 앞니가 앞으로 튀어
나온 아줌마였는데, 그 큰 입을 한껏 벌리고 웃으니까 부쩍
친밀감이 느껴졌다.

3층으로 올라가는 계단이 조금 가팔랐다. 지어진 지 얼마
되지 않아 아직도 페인트 냄새가 났다. 방은 매우 컸다. 침대
하나와 소파, 그리고 텔레비전이 있고 벽에 이불장이 붙은
옷장이 있었다. 욕실도 은수네 화장실의 세 배는 되지 싶게
컸다. 은수 눈에는 모든 게 넓고 크고 호화로웠다.

민수 형이 여관비를 지불하기 위해 아래층에 내려간 사이,

은수는 베란다로 나와 밖을 내다봤다. 둥구나무와 팔각정이 눈에 들어왔다. 시멘트로 지은 팔각정 둘레에는 둥구나무가 세 그루나 있었다.

그 너머에는 논이 있고, 집들이 촘촘히 늘어서 있었다. 낡은 기와집이 있는가 하면 도색이 산뜻한 3층 주상복합 건물도 있었다. 지금 막 개발이 시작된 변두리였다.

문득 아빠와 누나 생각이 났다. 어떻게 지내고 있을까. 민수 형 말대로 잘 하고 있을까. 제때에 밥이나 먹을까. 청소는 할까. 하긴 쌀이 있으면 밥은 쉽게 할 수 있다. 아빠가 해도 되고, 좀 힘들 테지만 누나도 할 수 있다. 반찬은 있는 거 내놓고 먹으면 된다.

정 힘들면 자존심 버리고 구청 복지과에 전화해서 도움을 받을 수도 있다. 쌀이 없거나 반찬이 없어도 그 또한 구청에 연락하면 되고, 아니면 이따금 도움을 주는 근처의 성당과 교회와 사찰도 있지 않는가. 그리고 누나가 라면 정도는 사다가 삶을 수 있다.

아빠가 말하는 자존심? 자존심이 밥 먹여 주지는 않는다. 자존심으로 따진다면야 은수가 더욱 예민할 나이다. 그래도 은수는 얼굴에 철판을 깔고 전화해 도움을 받았다. 선행상이며 효도상 따위의 상들이 족쇄가 되어, 자존심 상하니 다 때려 치고 같이 굶다가 정 힘들면 죽어 버리면 될 거 아니냐는 생각을 뿌리치게 만들어 지금껏 이끌어 왔다.

이제 그 몫은 아빠와 누나가 알아서 해 나가야 한다. 왜? 그들이 엄마를 가출하게 만들었으니까. 비록 몸이 망가졌더라도 아빠가 좀 더 참고 친절하게 대하며 의욕적으로 살아갔다면 엄마는 집을 나가지 않았을 것이다. 누나가 그런 몸으로 태어나지 않았다면 엄마는 하고 싶은 노래를 맘껏 하며 보다 행복한 삶을 살았을 것이다. 또 누나가 설사 장애인으로 태어났더라도 좀 더 고분고분 협조하며 엄마 아빠 사이를 좋게 만들려고 노력했다면 엄마가 그렇게 훌쩍 집을 나가지 않았을 것이다.

그러니까 이제는 아빠와 누나가 그 책임을 질 수밖에 없다! 나는 할 만큼 했다! 나는 할 만큼 했다! 은수는 속으로 그 말을 거푸 부르짖었다.

"배 안 고프니?"

은수는 흠칫하며 뒤돌아보았다. 어느 사이에 민수 형이 들어와 있었다.

"뭘 그렇게 골똘히 생각해?"

“응, 그냥. 저 나무하고 팔각정이 멋있어서. 그림 같지 않아, 형?”

민수 형이 다가와 창문을 통해 은수가 바라보고 있는 곳으로 눈길을 보내며 혼잣말하듯 작게 말했다.

“행잉 트리.”

“행잉 트리?”

“자살하기 딱 좋겠다.”

“뭔 소리야, 형?”

“저 나무, 목매달기 좋겠지 않냐? 주위에 사람도 안 살고. 크크크크!”

은수는 으르르 진저리를 쳤다. 상상하기도 싫었다.

“나가자.”

형이 말했다.

은수는 형을 따라 1층으로 내려왔다. 형이 주인 아주머니에게 공주 시내로 가는 버스를 탈 수 있는 정류장 위치를 물었다. 아주머니는 뒤쪽 팔각정을 지나 창에서 보이는 동네에 버스가 있긴 한데 배차 간격이 뜸하니, 여관 정문 쪽으로 나가 십 분 정도 쭉 걸어가면 시내버스 정류장이 있다고 했다. 그러면서 눈치를 채고는 덧붙였다.

"우리 집도 식사 되는데……."

민수 형과 은수는 버스를 타기 위해 여관을 나섰다. 서녘은 벌써 붉은 노을이 감돌고 있었다. 금강둑이 아련히 돌아나가는 즈음에 송전탑이 있고, 야트막한 농촌 가옥들이 옹기종기 몰려 있는 게 보였다. 멀찌감치 떨어진 곳에 조용히 움직임 없이 펼쳐진 풍경이 낯설었다. 높은 것들이 눈앞을 막아서고 끊임없이 움직이고, 끊임없이 소음이 들려오는 곳에 익숙한 은수로서는 불안하고 어색한 평화로움이었다.

뷔페! 먼 옛날, 아주 먼 옛날, 아빠가 회사에 다니고 엄마가 평생 교육원에서 노래 강사로 일할 때 자주 갔던 뷔페. 그러나 2년 넘게 한 번도 가 본 적이 없는 뷔페에 들어섰다. 민수 형은 익숙하게 음식들을 담아 왔지만 은수는 어색하게 형의 뒤꽁무니만 졸졸졸 따라다녔다.

"많이 먹어."

형이 그윽한 눈으로 바라보며 말했다.

"고마워, 형."

"빨리 먹고 고기류 좀 더 갖다 먹어. 나처럼 식물 채집만 하지 말고."

알았다는 말을 하려는데 갑자기 목이 콱 막이며 가슴이 저렸다. 얼마 만에 풍성한 음식 앞에 앉아 보는가.

그런데, 지금 아빠는? 누나는? 밥과 김치와 두서너 가지 밑반찬…….

지금껏 어느 교회나 성당, 사찰, 사회단체에서 배달해 준 음식들로 끼니를 해결해 왔다. 은수로서는 반찬을 먹는 게 아니라 굴욕을 먹는 거였다. 아빠나 누나는 직접 그 반찬들을 챙기지 않았기 때문에 굴욕이 아니라 그냥 음식이었을 테지만 직접 음식을 챙겨야 하는 은수는 목울대를 막는 굴욕으로 고통스러울 때가 한두 번이 아니었다.

"울지 마."

민수 형이 나직이 타일렀다.

"울지 말라고, 인마!"

민수는 은수가 계속 울먹거리자, 이번에는 화를 냈다.

"네가 없어도 다 알아서 먹고살아. 아빠도 누나도 길들일 필요가 있어."

길들여? 강아지처럼? 새처럼? 그런데 왜 그 말이 옳다고 느껴지는 걸까? 은수는 그런 자신이 두려웠다. 그런데도 그 말을 받아들이고 싶었다. 그래서 결론을 내렸다.

"형 말이 맞아!"

식사를 끝내고 식당 밖으로 나왔다. 야경이 펼쳐지고 있었다. 식당 뒤편으로 가 보니 그곳에 공원이 있었다. 벤치에 앉아 있는데 형의 스마트폰에서 진동음이 울렸다. 형은 폰을 꺼내 모니터를 확인하더니 갑자기 그것을 땅바닥에 놓고 일어섰다. 이어 말릴 사이도 없이 발로 쿵 소리가 나도록 밟아 버렸다.

"형!"

형은 다시 한 번 신발 뒷굽으로 스마트폰을 쿵 소리가 나게 짓밟았다. 뻐그럭, 비명을 지르며 스마트폰 액정이 튕겨 나왔다. 형이 부서진 스마트폰을 발뒤꿈치로 툭 차며 말했다.

"미안하지만 이것 좀 저기 쓰레기통에 버려 줄래?"

"형!"

"버리고 따라와."

은수는 어쩔 수 없이 부서진 스마트폰을 주워 쓰레기통에 버렸다.

둘은 시내로 나왔다. 민수 형은 간판들을 두리번거리며 계속 걸었다.

"어디 가려고?"

"찾는 게 있어."

삼십여 분 돌다가 마침내 한 곳으로 들어갔다. 악기점이었다. 은수는 묵묵히 민수 형이 하는 대로 지켜보고만 있었다.

민수 형은 기타를 산다고 했다.

"클래식 기타로 보여 드릴까요, 아니면 포크 기타?"

50대쯤 되어 보이는 대머리 아저씨의 질문에 민수 형이 은수를 돌아보며 물었다.

"클래식 기타여야겠지?"

"형 맘대로."

"아빠가 기타만 친다며?"

혁재가 은수의 사정을 고스란히 말했을 게 틀림없었다.

"근데, 왜?"

"나도 치고, 너도 치고."

"난 잘 못 쳐. 안 친 지 오래됐어."

잠시 생각에 잠기는 듯하던 형이 자신의 배를 만지며 말했다.

"참, 아까부터 속이 더부룩해서 그러는데, 가까운 약국에 가서 소화제 좀 사올래?"

민수 형은 지갑에서 만 원짜리를 꺼내 은수에게 건네주려

했다. 은수는 받지 않고 악기점을 나와 약국으로 향했다. 지갑에 마침 오천 원이 있었다. 달걀을 한 판 사려고 갖고 있던 돈이었다. 소화제를 사 갖고 들어왔을 때에는 이미 민수 형이 기타를 카드로 결제한 뒤였다. 고맙다는 주인 아저씨의 목소리를 뒤로 하고 둘은 밖으로 나섰다.

유 아 원더풀 투나잇

"형, 우리 언제 서울로 돌아갈 거야?"

여관으로 돌아가는 택시 안에서 은수가 물었지만 민수 형은 노래를 흥얼거리며 대꾸하지 않았다. 언제 서울로 돌아갈 것인가를 다시 채근하자 민수 형은 딱 자르듯 말했다.

"한 달."

"한 달?"

"1학기 기말 시험 전에 가면 되잖아."

"그럼, 학교 짤릴걸?"

"걱정 마. 안 짤려. 한 달 결석한다고 짤릴 것 같으면 난 열 번은 짤렸겠다."

"형은 부자잖아."

그 말에 형은 입을 꾹 다물었다. 혹시 감정이라도 상했나 싶어 은수도 그 뒤로는 말하지 않았다.

민수 형은 궁전 여관 앞에서 기타 케이스를 은수에게 건네
며 그제야 입을 열었다.

"가고 싶으면 언제라도 말해. 지금이라도."

"……."

"갈 테야?"

"아, 아니."

"짜아식!"

형은 은수의 어깨를 툭 쳤다.

방으로 들어오자마자 민수 형이 기타를 꺼내 보라고 했다.
은수는 참으로 오랜만에 기타를 만져 봤다. 아니, 품에 안아
봤다. 초등학교 5학년 때까지는 이따금 아빠에게 기타를 배
우곤 했다. 아주 쉬운 동요, 예를 들어 「산토끼」부터 「학교
종이 땡땡땡」, 「섬집 아기」까지는 문제없이 연주할 수 있다.
어설프지만 「로망스」까지도 가능하니, 기본적인 주법은 손에
익혔다고 볼 수 있었다.

디디디딩!

검지 손톱으로 주루룩 기타 줄을 긁어내렸다. 조율이 되어
있지 않았다. 조율이 돼 있지 않으면 기타를 연주하지 말라
던 아빠의 말이 생각났다. 기타를 만지작거리며 기억을 더듬

고 있는데 민수 형이 양치질과 세수를 마치고 욕실에서 나왔다.

"형, 조율할 줄 알어?"

"아참, 조율기! 발판도 안 샀네."

민수 형은 옷을 도로 입고 시내에 나가 기타 액세서리를 사 오겠다고 나갔다. 기다리다가 무료해진 은수는 케이스에 달린 주머니를 뒤져보다가 조율 피리를 찾아냈다. 기억을 더듬어 조율 피리 음과 4번 줄의 소리를 맞추고 조율해 나갔다.

그러고는 섬집 아기를 연주했다. 아니 더듬더듬 튕겼다. 음이 맞았다. 그것까지는 좋았는데, 갑자기 콧등이 시큰해지며 앞이 뿌옇게 흐려졌다.

왠지 섬집 아기가 끔찍한 노래로 가슴에 와 닿았다. 엄마가 가출하기 훨씬 전, 초등학교 저학년 때도 그 노래는 늘 은수의 가슴을 적시며 내용대로 엄마가 떠나고 말 거라는 생각이 들곤 했다. 바다가 불러 주는 자장가를 들으며 스르르 잠들었는데, 굴 따러 간다고 나간 엄마가 돌아오지 않고 있었다. 바로 그때의 그 불안한 상상력이 그대로 이루어지지 않았는가!

은수는 기타를 끌어안은 채 눈을 감았다. 그리고 옛날의 기억들을 던져 놓은 창고 속으로 기어 들어갔다. 먼지가 푸석푸석 쌓여 있는 곳을 뒤적거리자 한 가지 사실이 떠올랐다. 언제였던가. 은선 누나가 유난히 좋아하는 노래가 바로 섬집 아기였다. 발음도 잘 되지 않으면서 불안한 목소리로 노래를 부르고 또 부르곤 했다. 그때마다 아빠와 엄마는 나무랐다.

"그만해! 청승맞게 왜 그 노래만 하냐?"

어떤 땐 엄마가 이렇게까지 나무랐다.

"넌 엄마가 굴 따러 갔다가 집에 안 왔으면 좋겠어?"

그런데 엄마는 정말로 굴 따러 나간 후 돌아 오지 않았다. 왜 그 저주받은 노래가 사뭇 그리워지는 거지?

"가면 간 거지!"

은수는 기타를 놓고 벌떡 일어서 소리쳤다. 욕실에 가서 볼일도 보고 양치질에 세수까지 했다. 화장실에서 나와 은수는 다시 기타를 보듬었다. 그러고는 기억을 더듬으며 로망스를 연주했다. 뭔가 빠진 것 같고 어색했다. 그래도 곡을 외우고 있긴 해서 끝까지 엇비슷하게 연주해 낼 수 있었다. 손가락이 무척 아팠다.

밤 열한 시가 넘어서야 현관문 두드리는 소리가 들렸다.

문을 열자, 술 냄새와 함께 형이 들어왔다. 형 손에는 트렁크 하나가 들려 있었다.

"형, 술 마셨어?"

"마셨지."

"이건 뭐야?"

은수가 트렁크를 가리키며 물었다.

"이것저것 샀어."

은수는 그제야 형의 옷차림이 달라졌음을 알았다. 나갈 때는 어두운 녹색 가로 줄무늬 티셔츠에 검정 바지였는데, 지금은 흰 티셔츠에 청바지 차림이었다.

민수 형은 트렁크에서 이것저것 꺼내 놓기 시작했다. 기타 스탠드, 발판은 물론 접이식 보면대, 전자 튜닝기 등이 있었다. 형은 그 중에서 클래식 기타 교본을 꺼내 들고는 말했다.

"악보 볼 줄 알지?"

"조금."

"여기에 알함브라 궁전의 추억 악보도 있어. 무슨 뜻인지 알겠지?"

"고마워, 형."

이어서 꺼낸 비닐봉지에는 입고 나갔던 민수 형의 티셔츠

와 바지가 들어 있었다. 다른 비닐봉지에서는 청바지에 세로 줄무늬 티셔츠, 잠옷 바지 두 개가 나왔다. 형은 청바지와 세로 줄무늬 티셔츠를 은수 앞으로 밀어 놓으며 말했다.

“네꺼야. 입어 봐.”

“혀엉!”

“왜 인마! 입어 보라면 입을 것이지 뭔 말이 많아?”

형은 화를 내는 척하고는 덧붙였다.

“단, 먼저 서울로 돌아갈 때는 반품하고 가. 알았지?”

“내가 돌아가면 옷은 어떻게 할 건데?”

“갖다가 불태워 버릴 거야.”

그러고는 마지막으로 팩소주 세 개가 든 비닐봉지를 꺼냈다. 그러고는 그것을 들고 냉장고 쪽으로 가다 말고 외쳤다.

“아참! 팬티! 하는 수 없지. 입던 거 재탕해 입어야겠다.”

팬티 소리를 듣자마자 은수의 머릿속에는 또 다른 생각이 끼어들었다. 은수가 집안일을 맡아 전담하기 시작할 무렵이었다. 갑자기 욕실에서 비명 소리가 들려왔다. 문을 열려고 했지만 안에서 잠근 상태였다. 급한 김에 비상용 열쇠로 욕실 문을 열자마자 은수는 소스라치게 놀랐다. 얼굴이 피투성이가 된 누나가 벌거벗은 채 넘어져 있었다. 제 속옷을 손으로 빨려다 비누를 밟고 미끄러지면서 세면대에 머리를 부딪쳐 앞이마가 터지고 만 것이다. 그 후 은수는 누나 속옷도 빨아 주기 시작했다. 처음에는 곤혹스러웠지만 거듭하니 차차 자연스레 무심해졌다. 그런데 지금은 어떻게 지낼까? 세탁기야 버튼을 누르면 돌아가지만 누가 세탁기 속에 머리를 처박고 빨래를 끌어내 넌단 말인가?

"무슨 생각해?"

형이 다그치는 바람에 은수는 비로소 서울 집에서 지금의 궁전 여관으로 돌아왔다.

"뭐 좀 생각나는 게 있어서."

"내 청바지 어때?"

민수 형이 뒤돌아선 채 고개만 돌리고 물었다.

"잘 맞아. 아주 딱이야."

"네 것도 입어 봐. 좀 길지도 몰라."

은수는 민수 형이 시키는 대로 입고 있던 바지를 벗고 청바지를 입어 보았다. 말대로 조금 기장이 길었다. 하지만 신발을 신고 밖에 다닐 때는 별반 길지 않을 것 같았다. 허리는 딱 맞았다.

"오, 그러고 보니 너 다리 약간 엑스 자구나."

“누나 때문에 업어 주지 못해 그렇대.”

“하긴, 내 동생도 엑스 자였어.”

“동생? 형, 동생이 있었어?”

“지금은 네가 내 동생이라고 생각하면 되지 뭐. 안 그래?”

“그 동생은 어디 있는데? 나처럼 가출했어?”

“아니, 그냥…… 아주 갔어.”

그러고는 손가락으로 베란다 너머 하늘 쪽을 가리키며 덧붙였다.

“저기로.”

“그럼……?”

“됐어 짜샤! 방부터 치우자.”

은수는 더 이상 묻지 않고 형과 같이 어질러진 것들을 모두 치웠다.

정리를 마치자 민수 형은 소주 팩을 꺼냈다. 하나는 자기가 마시고 나머지 한 팩은 은수에게 건넸다.

“마실래?”

“아니.”

“입만 댔다 떼.”

은수는 일단 민수 형이 하라는 대로 입을 댔다. 막상 입을 대고 기울이자 단번에 꿀꺽꿀꺽 세 모금이 넘어갔다. 기침을 했다.

"남았니?"

은수는 팩을 흔들었다. 얼마 남지 않은 술이 팩 바닥에서 찰랑거렸다.

"마저 마셔."

"응."

은수는 남은 술을 비웠다. 머리가 어찔어찔해지더니 갑자기 궁금증 하나가 은수의 뜻과는 상관없이 제 혼자 불쑥 튀어나왔다.

"형."

"왜?"

"형 동생 말야."

"동생이 왜 갔냐고?"

민수 형은 벌떡 일어나 스탠드에 세워진 기타를 잡고 줄을 드르륵 튕겨 보더니, 고개를 갸우뚱하며 은수를 바라봤다.

"네가 튜닝했어?"

"……."

은수는 입 꾹 다물고 민수 형을 바라봤다.

“짜아식.”

민수 형은 전자 튜닝기 집개를 기타 머리에 물리고 나서 줄을 맞춰 나갔다. 그러면서 혼잣말처럼 중얼거렸다.

“짜아식, 제법인걸. 이 정도면 음감이 대단한 건데.”

일단 음을 맞추고 나서 민수 형은 로망스를 연주했다. 좀 어설프긴 했지만, 그런대로 무난하게 끝을 냈다.

“기타를 만진 지 참 오래돼서 말야. 네가 쳐 볼래?”

“학교 종이 땡땡땡 수준인데.”

“너희 아빠는 날마다 기타만 친다며?”

이쯤 되자 은수는 더 이상 자기 집 이야기를 숨기고 싶지 않았다. 은수는 자신의 형편을 솔직하게 털어놓았다. 뇌성마비 장애를 가진 누나, 대기업에 다니다 교통사고로 반신불수가 된 아빠, 가출한 엄마, 그리고 스페인의 알함브라 궁전 앞에서 알함브라 궁전의 추억을 연주하는 게 아빠의 꿈이라는 것 등등. 은수는 자신의 이야기를 하고 있다는 생각이 들지 않았다.

다 털어놓자 가슴속이 시원했다. 후련했다.

묵묵히 듣고 있던 민수 형은 아무 말 없이 알함브라 궁전의 추억을 치기 시작했다. 음이 뒤틀어지기도 하고 느렸다

빨랐다 하기도 하고, 트레몰로는 고르게 디리리리리, 이어지지 않고 쿵 다라다, 다다다, 다다다, 말달리기 주법이었다. 하지만 용하게도 전반부 음만은 모두 외고 있는 것으로 보였다. 문제는 후반부였다. 몇 소절 치던 민수 형은 당황하며 말했다.

"모르겠어. 기타 학원에서 배웠는데, 다 잊어버렸어."

그러고는 잠시 무슨 생각에 잠기는 듯하더니 코드를 잡고 손톱으로 디리리링 긁어 내리고는 혼잣말로 중얼거렸다.

"A 코드든가? G 코드?"

그리고 노래를 시작했다.

It's late in the evening.
She's wondering clothes to wear.
She puts on her make up …….
"Do I look all right?"
And I say, "Yes, you look wonderful tonight."

형은 노래를 마치고 한동안 눈을 감고 가만히 있었다. 은수는 가사를 모두 알아듣지는 못했지만 쉬운 단어들이 많아 대충 내용을 짐작할 수 있었다.

어떤 옷을 입을까 그녀가 고민했네. 파티에 갔었지. 나 어때? 그래, 오늘 밤 정말 멋있어.

눈을 감고 잠자코 있던 형이 독백처럼 중얼거렸다.

"엄청 더웠어. 더운 섬나라였으니까. 동생은 잠들었고 나는 자는 척하고 있었지. 아빠가 기타를 치며 바로 이 노래를 불렀어. 끝부분에서 엄마가 같이 부르는 소리가 들렸지. 오 마이 달링, 유 아 원더풀 투나잇."

민수형은 영어 가사 부분을 음조를 넣어 중얼거렸다. 그러고는 눈을 떴다. 천장을 향한 형의 눈은 휑 뚫린 동굴 같았다. 그 휑하던 눈에 초점이 들어서면서 은수를 바라보고 말을 이어갔다.

"필리핀이었어. 그날, 아빠는 치과 의사 자격 시험을 봤다고 했지. 밖에서는 멀리서 파도치는 소리가 들려오고 호이오 호이오, 새 우는 소리가 섞여 들려왔어. 날은 더웠지만 바람은 시원했어. 바닷가니까. 그날 밤의 기억이 오늘까지 나를 버티게 했어. 하지만 이제는 남은 게 없어. 텅 비어 버렸지. 갈 데까지 간 거야."

형은 기타를 텅 소리가 나도록 바닥에 던지듯 놓고는 침대로 뛰어들어 은수에게 등을 돌리고 누웠다. 조금씩 조금씩 어깨가 흔들리더니, 이윽고 몸 전체가 요동쳤다. 은수는 눈을 감았다.

한참 만에 눈을 떴을 때 민수 형의 윗몸은 규칙적으로 살짝 살짝 들썩였다. 소파로 가 깊숙이 몸을 파묻었다. 점점 몸이 한쪽으로 기우는가 싶더니 이윽고 잠이 들었다.

알함브라 궁전의 추억

이튿날, 민수 형은 시내에 나가 팬티 네 장과 포크 기타 교본을 사왔다.

"나는 코드 잡으며 노래나 할 테니까 너는 알함브라 궁전의 추억을 연습해."

말 그대로 형은 포크 기타 교본을 펼쳐 놓고 반주를 넣으며 노래를 흥얼거릴 뿐, 클래식 기타곡은 연주하지 않았다. 형이 클래식 기타로 가요나 팝송을 부르는 것을 보면서 은수는 포크 기타를 하나 더 샀으면 싶었다. 그러나 돈이 없는 은수는 속으로 미안한 마음을 갖는 것이 다였다.

은수는 음표가 다닥다닥 붙은 알함브라 궁전의 추억 악보를 보는 순간 기가 질리고 말았다. 초등학교 2학년 초부터 3학년 중반까지 피아노를 배운 적은 있었다. 하지만 그 뒤로는 음악 학원에 다니거나 특별히 악보를 볼 기회가 없었으므

로 기초부터 다시 배우지 않고서야 그 곡을 연주하기란 불가
능했다.

다행히 민수 형이 악보를 볼 줄 알았다. 초등학교 때는 필
리핀에서 살았는데도 한국인 선생이 집으로 와서 피아노 지
도를 했단다. 그 후 한국에 와서 방황할 때 아빠의 권유로 기
타 학원을 1년 가까이 다녔다고 했다. 비록 빠지기 일쑤였지
만 기초 실력은 갖추고 있었다.

기교가 필요한 부분에는 줄 표시와 오른 손가락 표시, 그
리고 프렛 번호까지 악보에 자세히 그려져 있어 참 다행이었
다. 은수는 민수 형과 시내를 나가거나 잠자는 시간 외에는
오로지 기타에, 그것도 알함브라 궁전의 추억 연주에만 매달
렸다.

어느 날 왼 손가락 끝에서 피가 났고 오른손 손톱은 닳고
갈라졌다. 그래도 끊임없이 연주를 계속했다. 기타 줄에 핏
물이 묻어도 닦아 낸 뒤 쉬지 않고 연주하고 또 연주했다. 어
쩐지 그것만이 살길인 것 같았다. 어쩌면 아빠의 지독한 고
집에 대한 반항심으로 그렇게 하고 있는지도 몰랐다. 2주 사
이 기타 줄을 두 번 갈았고 4번 선은 세 번이나 끊어졌다.

녹초가 되어 잠자리에 들면서도 민수 형의 양해를 구해 엠

피스리에 녹음된 알함브라 궁전의 추억을 듣고 또 듣다 잠이 들었다. 민수 형이 자주 가는 피시방에 따라가서 알함브라 궁전의 추억을 연주하는 동영상을 보기도 했다. 몰입해서 연습하고 또 연습하다 보니 얼추 악보를 외우게 되었다. 문제는 베이스에 몰입하다 보니 트레몰로로 계속 이어지는 멜로디가 귀에 들어오지 않았다.

2주가 지나고 3주째 되는 밤, 그날도 둘은 시내에 나가 저녁 식사를 했다. 여관으로 돌아오자마자 민수형은 욕실로 들어갔고 그사이 은수는 기타를 안고는 알함브라 궁전의 추억을 연주했다. 연주를 마치자 갑자기 박수 소리가 들려 왔다.

"와, 제법인데! 끝내줘!"

민수 형이 칭찬했다. 그러고는 덧붙였다.

"이제 머리로 치지 말고 손이 알아서 습관적으로 연주하게 하는 노력이 필요해. 그래야 감정이 묻어나거든."

민수 형은 환하게 웃으며 한마디 덧붙였다.

"내가 만든 말이 아니라 옛날에 기타 학원 선생님이 하던 말이었어."

이튿날, 은수는 외출을 하려는 민수 형을 불러 세워 놓고 참았던 말을 꺼냈다.

“형.”

“왜?”

“나 아무래도 이상해.”

“어디가?”

“양쪽 허벅지가 까매. 아무래도…….”

“뭐야?”

민수 형은 은수에게 바지를 내려 보라고 했다. 은수의 허벅지를 확인한 형은 흠칫 놀랐다.

“정말인데?”

“그렇지?”

“양쪽 다 그렇잖아?”

민수 형의 말을 듣자 은수는 더욱 불안했다. 어쩌면 어떤 병으로 인해 살이 썩어 가는 건지도 모른다는 생각이 들었다. 아직은 큰 고통이 없지만 몸에 열이 나고 온몸이 쑤시는 것도 그 때문인 것 같았다.

찬찬히 살피던 형이 갑자기 피식 실소하더니 은수의 허벅지를 손바닥으로 찰싹 갈기며 말했다.

“기타 때문에 그래, 인마!”

“기타?”

“봐 봐. 오른쪽과 왼쪽 허벅지가 다르잖아. ”

은수는 허리를 세우고 자신의 허벅지를 살폈다. 왼쪽과 오른쪽이 거의 비슷한데, 오른쪽 반점 부위가 약간 아래쪽으로 쳐져 있었다.

“봐 봐, 인마.”

민수 형이 기타를 들어 한발을 발판에 올려 놓고 클래식 기타 연주하는 자세를 잡았다. 그러고는 기타 통 쪽을 가리키며 덧붙였다.

“기타가 어디에 걸려 있지?”

그제야 은수는 창피함에 얼굴이 화끈 달아올랐다. 한편으로는 불안감이 싹 가셨다.

“이제 어느 정도 수준에 올랐으니까 쉬어 가며 해라.”

“형, 고마워.”

“갔다 올게.”

민수 형이 나가자마자 은수는 벌떡 일어나 다시 기타를 안았다. 이제 어느 정도 자신감이 생겼다. 물론 아직은 어설프지만 끝까지 악보를 보지 않고 연주할 수 있었다.

문제는 여전히 베이스 음이 귀에 잘 들어오고 멜로디는 잘 들리지 않는다는 점이었다. 아직도 베이스에만 신경을 온통

쏟고 있다는 말이었다. 언젠가는 트레몰로로 연주하는 멜로디가 훨씬 잘 들리는 날이 올 것이다. 들릴 때까지 하면 된다.

어느 순간 아빠가 떠올랐다. 지겹도록 들어야 했던 다그닥 다그닥, 아빠의 알함브라 궁전의 추억. 그 곡을 마침내 은수가 해냈다. 자신은 이렇게 해낼 수 있는데, 그렇게 노력하고도 손가락이 말을 듣지 않아 연주하지 못하는 아빠에 대한 안타까움이 은수의 가슴을 허물어뜨렸다. 오랜만에 아빠를 떠올리며 울었다.

한참을 소리 내어 울었다.

울지 마 형

궁전 여관에 온 지 20일쯤 되던 날, 민수 형은 새벽 두 시가 넘은 시간에 술 냄새를 풍기며 들어왔다. 그때까지 기타 연습을 하고 있던 은수는 다른 날보다 형이 많이 취했고 늦게 들어온 데다가, 얼굴에 웃음기가 전혀 없다는 것을 깨달으며 긴장했다.

민수 형은 옷을 입은 채 침대에 벌러덩 나자빠졌다. 그러고는 조용했다. 은수는 기타를 더 칠까, 아니면 평소처럼 소파에서 잠을 잘까 고민했다. 생각 같아서는 기타를 더 연습하고 싶었다. 그러나 민수 형의 표정을 본 뒤라서, 아무래도 그대로 조용히 있어야 될 것 같다는 예감이 들었다.

지금껏 해 왔던 대로 이불 하나를 들고 소파로 가서 누웠다. 배가 고팠다. 그러고 보니 저녁은 라면 하나 먹은 게 전부였다. 민수 형이 밖을 나가더라도 대개는 여덟 시 안에 들어와 같이 저녁을 먹었기 때문에 형이 돌아오기를 기다렸다.
그러다 열 시가 돼서야 너무 배가 고파 라면 하나를 먹었던
것이다. 배가 고픈 것은 잠시뿐, 은수는 이내 잠이 들었다.

　곤하게 자고 있는데 누가 흔들어 깨웠다. 은수는 어렸을
적 어느 날로 착각했다. 아빠는 회사로 출근하기 전에 꼭꼭
은수를 깨워 아침을 같이 먹었다. 물론 누나도 깨웠다. 아빠
는 적어도 아침만은 가족 모두가 식탁에서 대화를 나누며 밥
을 같이 먹어야 한다며 매일 같이 은수를 깨웠었다. 그리고
그것을 지겹도록 꼭 지켰다.

　아빠는 걸핏하면 말했다.

　"우리 집 가보 1호는 이 식탁이야. 비싸서가 아니라 이 식
탁에 가족이 둘러앉아 있을 때가 가장 행복하기 때문이지."

　그래서 아빠는 결혼 초 돈이 별로 없을 때였지만 식탁만은
최고급으로 샀다고 했다. 당시는 그냥 귓가로 흘려들었는데,
지금에 와 아빠와 떨어져 있으면서 그때를 돌이켜 보니, 아
빠의 생각이 높고 크다는 생각이 들었다.

　아빠는 누나에 대해서도 당시에는 지금과 생각이 달랐다.
아빠의 해병대 동기들이 은수네 집에 찾아왔을 때였다. 한창
술을 마시며 이 말 저 말이 나돌던 끝에, 갑자기 아빠의 말소

리가 또렷이 들려왔다. 아빠의 목소리가 그만큼 컸다는 말이었다.

"집안에 장애인이 있다는 것은 엄청 힘든 일이지. 다만 이런 점은 있어. 뭐냐 하면, 가령 집 안에 쥐가 들어왔다고 하자. 어떤 집은 그 쥐를 잡느라고 온 집안을 뒤집지. 방마다 다니며 장롱을 열어젖히고 옷가지들을 하나하나 뒤지질 않나 부엌 싱크대 구석구석을 쑤시질 않나……. 그러면서 가족 서로는 상대편을 탓하기 시작하지. 네가 자꾸 현관문을 열어 놔 그런 거야. 네가 먹을 걸 여기저기 흘리니까 그렇잖아. 하지만 쥐가 얼마나 영리하냐구. 그렇게 해 봤자 절대로 잡히지 않지."

술을 마시는지 아빠의 말이 잠깐 끊어졌다가 또다시 이어졌다.

"하지만 어떤 집은 가장이 이렇게 말하지. 괜찮아, 아무 걱정할 거 없어. 먹을 것만 철저히 치우고 사흘만 기다리면 쥐는 기어 나오기 마련이거든. 그때 때려잡든지 내쫓든지 하면 돼. 그리고 실제로 사흘만 기다리면 쥐가 배고파서 나오게 되고, 그때 때려잡든지 내쫓든지 하면 되는 거야. 장애인도 마찬가지야. 어떤 집에서는 가족 중에 장애인이 있으면 철저하게 골방에 숨기고 우울해 하지. 하지만 어떤 집은 그 장애인을 중심으로 똘똘 뭉쳐 사랑으로 꽉 찬 집을 만들어 내지.”

“바로 자네 집이 그렇지 않은가?”

어떤 아저씨가 그렇게 말하자 다들 “맞아, 맞아!” 했다. 그러고는 어떤 아저씨가 건배 제의를 하자 모두 아빠와 은수네 가정을 위해 힘차게 건배를 했다.

“귀신 잡는 해병 전우, 마태복네 가정을 위하여!”

“위하여!”

잠을 깨운 사람은 아빠가 아니라 민수 형이었다.

“잠 깨워 미안하다.”

은수는 멀뚱이 쳐다보며 다음 말을 기다렸다.

“너, 나에 대해서 궁금한 점 없니?”

그러고 보니 궁금한 점이 한두 가지가 아니었다. 다만 물어볼 수 없어 마음속 깊이 가둬 놓고 속으로만 끙끙거렸다.

“많아.”

“그런데 왜 묻지 않아?”

“형이 싫어할까 봐.”

은수의 대답에 이해한다는 듯 민수 형은 고개를 끄덕끄덕했다. 그러고는 말을 이었다.

"네가 안 물었으니까 내가 궁금한 거 먼저 물을게."

은수는 민수 형이 했던 것처럼 고개만 끄덕였다.

"너희 엄마, 가수였다며?"

"누가 그래?"

"들어서 알고 있어."

은수는 좀 쑥스러웠다.

"정식 가수는 아니고, 노래를 원래 좋아했어. 평생 교육원 노래 교실에서 노래를 배웠는데 실력을 인정받은 거야. 그 뒤 장애가 있는 우리 누나 때문에 장애인을 위해 자원봉사하러 다녔는데, 거기서 인기를 끌어 노래를 하게 됐어."

"지금도 노래하러 다녀?"

"그렇겠지."

"그렇겠지?"

"잘 몰라. 가출한 뒤로는 소식을 몰라."

민수 형은 눈을 동그랗게 뜨며 의아하다는 표정을 지었다.

"아빠가 사고로 장애를 입어 생활이 어려워지면서 처음에는 노래방에 나가셨어. 그리곤……."

"그리곤?"

"그러다가 야간 업소에서 노래를 하게 됐는데, 그 때문에 아빠하고…… 어느 날 나갔어. 말없이."

"그럼…… 이혼?"

"아직."

"어디 있는 줄 알겠네?"

"몰라."

"전혀?"

"전혀."

민수 형은 더 묻지 않고 은수가 소파 한쪽으로 몸을 모으게 하고 옆에 앉았다. 그러고는 담배 한 개피에 불을 붙여 한 모금 깊게 들이마셨다가 연기를 후우 뿜더니 말했다.

"나도 너와 비슷해."

"뭐가?"

"엄마 가출. 하지만 다른 게 있지."

"뭐?"

"엄마가 있는 곳을 알고 있다는 것."

그러고는 말을 잇지 않았다.

갑자기 대화가 끊기자 어색함이 방 안을 꽉 채웠다. 은수는 몸을 오그렸다. 민수 형도 껄끄러웠는지 불끈 일어나 담뱃불을 재떨이에 비벼 끄고는 냉장고에서 소주병을 꺼냈다. 소주를 물컵에 따라 꿀꺽꿀꺽 들이키더니, 이어서 훈제 오징어를 찢어 입에 넣고 나머지를 은수 앞에 던지듯 놓았다. 잠기운이 모두 달아난 은수는 잠시 머뭇거리다 훈제 오징어 한 쪽을 찢어서 입에 넣었다.

그러자 민수 형은 자기가 마셨던 물컵에 소주를 따라 은수에게 내밀었다.

"마셔."

"너무 많아, 형."

"병아리 오줌만큼이야. 마셔."

은수는 마지못해 받아서 세 모금에 비웠다.

"더 마실래?"

"아니."

마시자마자 이내 얼굴이 화끈거리며 눈앞이 빙빙 돌았다.

"우리 엄마에 대해 더 듣고 싶지 않니?"

형이 물었다.

은수는 말로 대꾸하는 게 미안해 고개만 끄덕였다.

"그때가 참 좋았지. 정말 좋았어…… 해변에 가면 먹을 게 천지였어. 물론 육지에도 맛있는 열대 과일이 여기저기 쌓여 있었지만.”

은수는 잠자코 민수 형의 말을 듣고만 있었다.

“우리 꼰대는 치의대에 다니고 있었어. 나는 필리핀 사립 학교에 다니고 있었고.”

“필리핀?”

“한국에서는 물리치료사로 일했는데, 몸만 힘들고 돈벌이는 안 됐대. 그래서 치과 의사가 되려고 필리핀으로 간 거야.”

은수로서는 확실하지는 않지만 대충 감이 잡혔다.

“치의대 등록금이며 생활비는 누가 댔냐고 안 묻냐?”

“누가 그 돈을 댔어?”

“우리 외갓집.”

은수는 다음 말을 기다렸다. 민수 형은 계속 말했다. 민수 형 외갓집에서 유학시키고 생활비까지 댄 데다 한국에 돌아왔을 때에는 병원까지 차려 줬단다. 그랬는데, 어느 날 아빠와 아빠의 병원에서 일하는 간호사 사이에 아이가 생기면서 평화롭던 집이 지옥으로 변했다고 했다.

“그런 후에 이혼을 했고, 엄마는 떠난 거야.”

"그럼 그 후에 동생……?"

묻다가 아차 하는 마음으로 은수는 입을 꾹 다물었다.

물어서는 안 될 말을 한 것 같았다. 그러나 은수의 추측은 빗나갔다.

"열네 살 먹은 동생은 아파트 창문에서 떨어져 죽고."

"사고?"

"사고라고 했지만, 의자를 놓고 방충망까지 열고 떨어졌으니까……"

"……."

형은 냉장고에서 팩 소주를 꺼내 컵에 따라 마셨다. 그러고는 빨갛게 술기운이 오른 얼굴로 은수를 향해 말했다.

"나 혼자 마셔서 미안하다."

"아니야. 난 이미 취했어."

"어쨌거나 나는 이혼한 친엄마와 살려고 했지. 그런데 상황이 그렇게 되지 않았어."

은수는 입을 다물었다.

친엄마와 살지 못할 상황이라는 것은 이혼한 엄마가 다른 남자와 살기 때문이 아닐까 싶어서였다. 그것은 또한 은수가 걱정하는 일이기도 했다. 가출한 엄마가 다른 남자와 사귀고 있을지도 모른다. 어느 날 이혼하자마자 바로 그 남자와 결혼할 수도 있다. 그렇게 되면 은수 자신의 처지는? ……생각하기도 싫었다. 있어서는 안 되는 일이니까…… 있을 수 없는 일이니까.

"왜 그렇게 됐냐고 묻지 않냐?"

형이 물었지만 은수는 대꾸하지 않았다.

"엄마가 재혼했을 거라고 생각하지? 그런데 그게 아냐."

"그럼?"

민수 형은 은수의 등을 찰싹 소리가 나도록 손바닥으로 때리고는 비척비척 침대로 가서 나뒹굴며 말했다.

"맞춰 봐. 맞추면 엠피스리 사 줄 거야. 알았지?"

대충 술병과 훈제 오징어 포장지를 모아 쓰레기통에 넣고 술잔으로 썼던 물컵을 간이 싱크대에 놓고 물을 담았다. 그러고 돌아와 소파에 누우려던 은수는 큭큭거리는 소리에 침대 쪽으로 고개를 돌렸다. 이불에 얼굴을 파묻고 민수 형이 웃고 있었다. 무슨 재미있는 일이라도 생각났다는 듯이 한참을 큭큭거렸다.

은수는 그런 형의 모습을 보면서 참 속도 없다라는 생각을 하며 소파에 누웠다. 이불을 끌어올리려는 순간, 마치 어린

아이가 그러듯 으앙! 우는 소리에 깜짝 놀라 은수는 윗몸을 벌떡 일으켰다.

민수 형이 엉엉 울고 있었다. 제가 갖고 있던 것을 빼앗긴 아이처럼 엉엉 울었다.

은수는 어찌할 바를 몰랐다. 뭐라고 위로해야 할지 떠오르지 않았다. 잠자코 민수 형이 진정될 때까지 기다리는 수밖에 없었다. 그러면서 울음에 대해 생각했다. 언제 민수 형처럼 목을 놓고 울었던가?

엄마가 가출을 하고 난 뒤, 작년이었나 보다. 중간고사 끝나고 학교에서 수학여행을 가는 날 아침이었다. 지하철역까지 걸어가서 김밥을 사 가지고 서둘러 오다가 육교 계단에서 나뒹굴었다. 다섯 바퀴쯤 굴렀으리라. 맨 끝 계단 아래에서 가까스로 일어나 옷을 털고 김밥이 든 검정 비닐봉지를 집어 들었다.

혹시나 하며 봉지를 펼쳐보는 순간, 마치 미리 준비라도 하고 있었던 듯 으앙, 울음이 터져 나왔다. 김밥이 모두 터져서? 그건 아니었다. 창피해서? 그것도 아니었다.

그냥 슬펐다. 눈물이 줄줄 흐르도록 슬펐다. 슬프다기보다 김밥이나 사 들고 다니는 자신이 안타까웠다. 그래서 엉엉 소리 내어 울었다. 남이 있든 없든, 지금 은수 앞에서 울고 있는 민수 형처럼.

민수 형의 울음소리가 그쳤다. 하지만 얼굴은 그대로 침대 이불에 처박은 채였다.

"형, 괜찮아?"

비로소 입이 떨어졌다.

민수 형은 아무 반응이 없었다.

"형, 진짜 괜찮아?"

두 번째 묻자 민수 형은 말 대신 손을 머리 위로 들어 흔들어 보였다. 더 이상 말하지 말라는 뜻, 아니면 빨리 자라는 그런 뜻으로 보였다. 은수는 더 이상 귀찮게 하지 않으려고 소파에 누워 등받이에 얼굴을 묻었다.

은수가 눈을 떴을 때는 창문에 햇살이 가득했다. 민수 형은 침대에 없었다. 대신 욕실에서 물 쏟아지는 소리가 들려왔다.

민수 형이 샤워를 끝내고 젖은 머리에 팬티 차림으로 욕실에서 나왔다. 너무 말라 갈비뼈가 실로폰처럼 다 드러나 보였다. 그러잖아도 키가 크고 마른 편이었는데, 이곳 충청도 공주에 내려온 뒤로 더욱 살이 빠진 게 확실했다.

“일어났니?”

민수 형이 먼저 인사했다. 맑은 목소리였다.

“잘 잤어, 형?”

“빨리 샤워하고 나와. 아침 먹으러 시내 나가자.”

은수는 세수만 하고 민수 형을 따라나섰다.

동학사

특별한 날이었던 그날, 시내에 나가 단골이 되다시피 한 기사 식당에서 해장국을 먹었다. 그러고 밖으로 나서면서 민수 형이 말했다.

"오늘은 우리 놀러 가는 거야."

은수는 즐겁게 동의했다. 하긴 단정적으로 놀러 간다는 말을 했으므로 가지 않겠다고 말할 이유가 없었다. 아빠가 사고를 당한 이후로 특별하게 여행이라고 가 본 적이 한 번도 없었던 은수로서는 오지 말라고 해도 악착같이 쫓아갈 형편이었다.

동학사행 버스에 올랐다. 들판을 지나 산들이 나타나기 시작하자 짙은 아카시아 향기가 풍겼다.

"형, 아카시아 향기……."

은수는 문득 입을 다물었다. 창밖을 바라보고 있는 민수 형의 옆 얼굴에 눈물이 흘러내리고 있었다. 은수는 감상적인 편이긴 하지만 그렇다고 맨정신으로, 그것도 족히 스무 명은 타고 있는 버스 안에서 눈물을 줄줄 흘릴 정도의 감성을 가지고 있지는 않았다. 괜시리 숙연해진 은수는 앞만 보고 잠자코 앉아 있었다.

마침내 동학사 주차장에 차가 세워졌다. 차 밖으로 나오자 아카시아 향기가 후욱 밀려왔다. 절벽과 같은 계룡산이 눈앞에 우뚝 서 있었다. 서울에서도 가까운 데에 있는 도봉산, 수락산과 불암산은 아파트 맨 꼭대기 층 복도에 올라가면 한눈에 들어왔다. 그러나 그 산들은 여기 가파른 계룡산처럼 앞을 가로막지는 않았다. 계룡산은 그냥 둘러쳐진 병풍 같은 느낌이었다.

"저 산에 갈 거야, 형?"

은수가 뒤따라가며 물었지만, 민수 형은 새로 산 휴대전화로 전화 거는 데에만 몰두하고 있었다. 마침내 누군가와 전화가 닿은 듯했다. 민수 형은 가던 걸음을 멈췄다. 한동안 잠자코 있다가 겨우, 기어 들어가는 목소리로 말했다.

"엄마."

엄마? 엄마? 왜 갑자기 엄마를 찾을까? 새엄마는 아닐 테고, 그렇다면? 은수는 바짝 긴장하며 형의 태도를 살폈다.

민수 형은 귀에 휴대전화를 댄 채 꾸부정한 걸음걸이로 주차장 앞에 있는 벤치로 다가갔다. 그러고는 잠자코 앉아 있었다. 그쪽에서 무슨 말을 하고 있는 것 같지 않았다. 그런데도 형은 잠자코 귀에 휴대전화를 대고 있었다. 가지고 놀던 장난감을 빼앗긴 아이처럼 금방이라도 울음이 터질 것 같은 표정이었다.

"엄마!"

형은 다시 그렇게 말했다. 그러고는 휴대전화를 놓고 한동안 동학사로 들어오는 진입로 쪽을 멍하니 내려다보더니, 겨우 은수를 의식했다는 듯 눈길을 주며 말했다.

"두어 시간, 너 혼자 있어야겠다."

"왜?"

"만날 사람이 있어."

은수는 잠시 시간 차를 두고 나서 물었다.

"엄마?"

민수 형은 고개만 끄덕였다. 그러고는 은수가 시간을 끈 만큼 시간을 두고 나서 말했다.

"엄만 스님이 되셨어."

은수는 움찔 놀랐다.

"스님?"

"어쨌든, 끝나고 나면 전화할게. 이 휴대전화 네가 가지고 있어. 그 사이 산에 올라갔다 내려오면 되겠다."

그러고는 일어서서 몸을 돌리다 말고 도로 돌아서며 바지 뒷주머니에서 지갑을 꺼내 만 원짜리 한 장을 건넸다.

"이걸로 점심 사 먹어."

총총히 동학사 절 쪽으로 가는 민수 형의 껑뚱한 뒷모습과 손에 쥐어진 돈을 번갈아보다가 고개를 들어 보니 어느 순간 민수 형은 사라지고 없었다.

엄마, 엄마를 만나러 간 형, 그런데 엄마가 스님이란다. 그냥 다르게 살면 안 됐을까? 꼭 스님이 됐어야 하나?

형이 가여웠다. 형의 엄마는 엄마대로 가여웠다. 얼마나 슬프고 화가 났으면 스님이 됐을까?

민수 형이 필리핀에서 친엄마와 같이 살 때가 가장 행복했었다는 말이 비로소 가슴에 꽉 차게 실감됐다. 석양이 깔린 바닷가를 걷는 민수 형과 아빠와 엄마, 그리고 죽은 동생, 바닷가에서 랍스타를 먹고 조개 구이를 맛있게 먹으며 웃음꽃을 피워 냈을 그날에 대한 추억…… 그런데 아빠가 이혼을 하면서 형은 형대로, 그리고 형의 친엄마는 스님으로…….

그럼 우리 엄마는? 은수는 그 생각에 몰입해 갔다. 우리 엄마는? 혹시 엄마도 스님이 됐을까? 아마 그렇지는 않을 것이다. 왜냐하면 엄마는 노래를 해야 하니까. 스님처럼 박박 깎은 머리로 노래를 할 수 없으니까. 그런 머리로 야간 업소에서 노래를 한다면 누가 받아 주겠는가?

그럼 우리 엄마는 어디에 있지? 도대체 뭘 하고 살고 있지? 혹시 이미 다른 남자와 결혼이라도 한 건 아닐까? 아직 이혼 신고가 돼 있지 는 않다니까 그럴 리가 없을 테지만, 그래도 그냥 혼자 살고 있을까? 그러기에는 집에서 나간 기간이 너무 길어. 만약 엄마가 다른 남자와 사는 게 밝혀지고, 이혼을 하게 되면 나는? 그리고 누나는? 우리는 어디로 가지? 아빠는 생활 능력이 없으니까 엄마가 새로 결혼한 아저씨, 그러니까 새아버지, 의붓아버지를 따라가? 받아들이지도 않을 테지만 혹시 받아들인다 하더라도 따라갈 수는 없다. 따라가지 않을 것이다. 아빠가 있으니까. 그리고 따라가서 설움 받고 싶지 않으니까. 특히 그 아저씨가 누나를 돌보겠다고 하겠어?

은수는 자기도 모르게 소리를 쳤다.

"따라가지 않을 거야! 결코!"

결코! 까지 외치고 나서 속으로 덧붙였다.

'나와는 영원한 원수가 되는 거야. 어쩌면 엄마를 빼앗은 그 아저씨를 내가 두들겨 팰지도 몰라. 어쩌면 죽일 수도 있어.'

은수는 마치 곧 그런 상황이 벌어지기라도 한 듯 부르르 몸을 떨었다.

은수는 그냥 걸었다. 아무 생각 없이 마냥 걷기로 했다. 주차장을 나오자 동학사 경내와 이어지는 길이 있었다. 양쪽에는 상점들이 나란히 늘어서 있고, 오가는 관람객은 별로 없었다. 하긴 휴일이 아니기에 그럴 만했다.

녹음이 짙푸르렀다. 학교에 계속 다녔다면 지금쯤 기말고사 공부를 하고 있을 터이다. 은수는 늘 의문을 갖고 있는 게 있었다. 은수가 다니는 중학교는 공립으로, 임대 아파트 옆에 있는 대형 아파트와 고급 빌라에서 다니는 학생도 있었다. 대개는 무슨 수를 써서라도 학군 좋은 데로 갔지만, 그렇지 못한 경우가 있어 한 반에 대여섯 명 정도는 그쪽 아파트 아이들이었다. 그 아이들은 대부분 학원에 다녔다. 그래선지 어쨌든 전교 20등 안은 그 아이들이 거의 다 차지했다.

비록 임대 아파트에서 살지만 부모가 학구열이 높아 학원에 보내며 관리하는 아이들도 많았다. 그러나 은수는 학원비도 없는 데다 집에 와서는 집안일까지 맡아야 했으므로 그럴 처지가 아니었다. 그런데도 성적이 상위권이라, 임대 아파트에서 사는 아이들이 '영재' 라고 부르기도 했다. 바로 이것이 은수가 늘 갖고 있는 의문이었다.

학원에 갈 형편이 못 되는 은수가 할 수 있는 것이라고는 수업 시간에 선생님 말씀을 귀담아 잘 듣는 게 다였다. 선생님의 설명을 귀 기울여 듣고 있으면 시험에 어떤 문제가 나올지 감으로 알 수 있었다. 어떤 선생님은 평균 점수를 높이려고 이러저러한 문제가 나올 테니 잊지 말라고까지 했다. 그러면 그 부분을 필기하거나 별표를 해 놨다가 시험 보기 전에 죽 훑어보면 대부분 그 문제들이 나오곤 했다.

물론 개중에 어떤 선생님은 쓸데없는 말로 수업 시간을 보내고 시험 문제를 내는 경우도 있었다. 그런 선생님 과목은 별수 없이 학원에서 공부를 해야 했다. 따라서 학원을 다니지 않는 은수로서는 그 과목은 시험을 망치기 십상이었다. 당연히 그 과목이 대부분 평균 점수를 까먹었다. 더 지독한 선생님은 교과서에 아예 나오지 않은 고등학생 수준의 문제를 내기도 했다. 특히 수학과 영어가 그랬다. 학원에서 고등학교 과정 수준의 공부를 해 오라는 뜻이었다.

이런저런 생각을 하며 걷다 보니 동학사가 나타났다. 대부분 근래에 지어서 고풍스럽기보다 현대적인 느낌이 강했다. 4월 초파일에 달았던 연등이 그대로 달려 있어 우중충하게 보였다.

은수는 계곡물 옆에 있는 벤치에 앉고 나서야 배가 고프다는 것을 깨달았다. 옆에는 한 가족이 자리를 깔고 앉아 싸 온 음식을 먹고 있었다. 아마 그곳에서 풍겨 온 음식 냄새가 시장기를 깨운 것일 수도 있었다. 침이 넘어갔다. 하다못해 빵이라도 사 먹어야 견딜 것 같았다. 그러려면 지나 왔던 길을 되돌아가야 했다.

벤치에서 일어선 은수는 잠시 망설였다. 온 김에 동학사 절에 들어가 구경을 하느냐 아니면 일단 내려가 허기를 면하고 그때까지 민수 형이 안 오면 다시 올라와 절 구경을 하느냐, 선택을 해야 했다.

전화가 온 것은 바로 그때였다.

"형이야?"

"너 지금 어디니?"

“동학사 절 앞. 형은?”

“나 다 끝났어.”

“벌써?”

“점심 먹었니?”

“아니.”

“주차장 옆에서 만나자. 여기 공중전화야.”

형의 목소리를 들어 보니, 엄마와의 만남이 그렇게 좋았던 것 같지는 않았다.

주차장 가장자리에 있는 벤치에 형이 앉아 있었다.

“형!”

은수가 옆에 다가가 불렀지만 민수 형은 알아듣지 못한 듯 입구 쪽만 바라보고 있었다.

“형!”

비로소 형이 고개를 돌려 은수를 바라봤다. 그러나 초점은 은수 뒤에 있는 허공에 맞춰져 있었다.

“만났어, 형?”

그제야 민수 형은 은수를 똑바로 보며 되물었다.

“뭘?”

“엄마.”

“엄마?”

형은 초등학생에게 삼각함수가 뭔지 물었을 때처럼 황당한 표정이었다. 그러더니 일순간, 정말 번개와도 같이 빠르게 표정이 변했다. 형은 환하게 웃는 표정으로, 웃는 목소리로 말했다.

“난 뭐라고! 당연히 만났지.”

“축하해.”

“엄마를 만나는 게 축하할 일이냐?”

그러고는 자리에서 일어나면서 툭 던지듯 말했다.

“가자.”

둘은 차를 타지 않고 도로를 걸었다. 녹색 가로수 물결이 이어지고 있었다.

“야, 우리 서울까지 걸을까?”

민수 형이 툭 던졌다.

“서울까지?”

“걸어가자. 놀면서 가도 일주일이면 갈 거 아냐?”

“일주일?”

그러고 보니 그것도 괜찮다는 생각이 들었다. 어차피 학교를 무단결석했으니 그만한 대가를 치를 게 틀림없었다. 하지

만 그동안 특별히 저지른 잘못이 없기 때문에 퇴학을 당하지
는 않을 수도 있다. 최악의 경우, 권고 전학 정도일 것이다.
그렇다면 4주나 5주나, 학교를 빠진 것에 대한 처벌은 마찬
가지 아니겠는가.

"싫냐?"

"아니."

"좋아?"

"뭔가 특별한 재미가 있을 것 같아."

"그렇지?"

형은 무슨 생각을 하는 듯하더니 덧붙여 물었다.

"내가 없어도 혼자 걸을 거야?"

"왜? 가다가 혼자 새려고?"

"아니, 예를 들어 아빠가 보낸 사람한테 내가 끌려가면 너
혼자 남게 될지도 모르거든. 그러면 너 혼자 걸어갈 수 있냐
고."

은수는 그 말이 황당했다.

"형이 없는데 나 혼자 왜 걸어가?"

형은 더 이상 말하지 않았다. 은수는 나중에서야 형이 왜
그 말을 꺼냈는지를 알게 되었다.

걸어 걸어 동학사에서 나오는 길과 대전·공주 간 도로와 만나는 삼거리까지 오게 되었다. 그동안 둘은 많은 이야기를 나누었다. 시골 동네 조그만 식당에서 점심으로 국밥도 먹었다. 또 마을 구판장에서 소주 한 병과 훈제 오징어, 과자를 사서 걸으며 나누어 먹기도 했다.

"계속 걸을 거야, 형?"

"아니, 여기선 차 타고 가자."

민수 형은 간이 의자에 털썩 주저앉아 들녘 멀리 시선을 보냈다. 동학사 주차장에서 멀리 시선을 두던 때처럼 심각하고 우울하고 굳은 표정이었다.

차를 타고 돌아와 궁전 여관에 들어서는데, 입구에 어른들이 모여 웅성웅성 말을 나누고 있었다.

"뭐 그런 게 유명 인사야? 죽으려면 나가서 죽어야지 왜 애꿎은 모텔에서 죽냐고!"

"내가 그 사람이라면 자살하기 전에 나 때문에 손해 봐 미안하다며 오백이라도 놓고 자살했을 거야."

"제 남편 죽이고, 자식 욕 먹이고, 모텔 주인까지 괴롭히고 가는구나."

은수도 기억나는 사건이었다. 행복하게 사는 방법을 강의

하던 유명인이 남의 모텔에서 남편과 자살하여 그 모텔이 망했다는 말을 들은 적이 있었다.

민수 형은 어른들끼리 대화하는 모습을 지켜보고 서 있었다. 어른들의 이야기가 끝나면 무슨 말을 걸 것 같은 그런 모습이었다. 그러나 막상 어른들이 대화를 끝내고 여관 밖으로 나가자 민수 형은 아무 말 없이 몸을 돌려 굳은 표정으로 층계를 올랐다.

그날 밤 민수 형은 텔레비전도 켜지 않은 채 손수 기타를 가져와 은수에게 건네주며 말했다.

"알함브라."

"아직 서툰데?"

"여하튼 쳐봐. 빨리!"

은수는 형이 시키는 대로 기타를 받아 들었다. 그러면서도 속으로는 전혀 다른 생각을 하고 있었다.

알함브라 궁전의 추억을 이제 다 외웠다. 트레몰로는 여전히 고르지 못하고 말 달리는 리듬이어서 신경 쓰이지만, 그래도 어느 정도 자신감이 있었다. 이참에 민수 형에게 보여주고 싶기도 했다.

처음 시작할 때는 긴장해서 버벅댔지만, 어느 순간 몸에 익으면서 연주에 몰입하게 되었다. 이상하다! 왜 이렇지? 은수는 기타를 연주하면서 속으로 놀랐다. 손가락이 알아서 제자리를 찾아갔고, 은수는 멜로디에 젖어 갔다. 이전에는 감정 없이 제 자리에 손가락을 갖다 대고, 정확하게 현을 뜯는 데에만 신경을 썼다. 따라서 멜로디에 감정을 넣을 수가 없었다. 하지만 오늘은 달랐다. 감정에 몰입되면서 알함브라 궁전이 머릿속에 그려졌다. 아빠가 장애를 입기 전 가족과 함께 여행하기로 계획을 세우고 벽에 붙여 놓았던 알함브라 궁전의 그림들이 슬라이드를 보듯이 머릿속에 한 장씩 그려졌다.

산 위에 있는 궁전과 그라나다 시가가 떠올랐다. 이어 원형의 출입문과 컴컴한 조명이 드러나고 분수가 있는 궁전 안의 모습이 그려졌다. 또 원형의 공연장이 그려지더니 그림은 다시 궁전 밖으로 옮겨지면서 언젠가 그려 봤음직한 장면이 나타났다. 그곳에는 휠체어를 탄 아빠, 엄마, 그리고 오징어춤의 명수인 누나가 나란히 서서 궁전을 바라보고 있다. 은수는 아빠와 엄마 옆에서 의자에 앉아 알함브라 궁전의 추억을 연주하고 있고, 그 옆에 민수 형이 지켜보고 있다. 마침내 앞에 서양인들이 서서 은수네 가족과 민수 형, 일행을 흰 이를 드러내며 웃는 얼굴로 구경하고 있었다. 그러다 문득 지금 연주했던 부분을 되풀이하고 있는 자신을 깨달았다. 은수는 그대로 연주를 밀고 나갔다. 마침내 연주를 마쳤다. 서양인들이 환호하며 박수를 쳐 주었다. 휘파람 소리도 들렸다.

정신이 들자 박수 소리가 크게 들렸다. 이어 민수 형이 은수의 등을 툭 치며 말했다.

"브라보!"

민수 형은 작곡가인 타레가에 대해 이야기해 줬다. 사실 은수는 알함브라 궁전의 추억만 알고 있을 뿐이지 작곡자는 누구이며 어떤 사연이 있는 연주곡인지 아는 게 없었다. 작곡가는 타레가라는 스페인 사람이고 제자인 유부녀를 짝사랑하는 아픔을 갖고 이 곡을 썼다는 말을 들었다고 했다.

"어느 날 타레가가 집에서 기타 연주를 하고 있다가 앞을 보았는데, 왠 다 떨어진 신발 두 개가 보이더래. 누군가 싶어 올려다봤는데 거지였대. 거지가 지나가다가 연주 소리를 듣고 집으로 들어와 음악을 감상했던 거야. 그래서 타레가는 그 거지를 위해 세 시간을 연주했대. 대단하지?"

"응."

민수 형은 잠시 시간 틈을 두고 나서 덧붙였다.

"나, 솔직히 그런 사람이 되고 싶었거든."

"형은 지금 그런 사람으로 살고 있어."

"어떤 면에서?"

"친구들에게 항상 베풀잖아. 나한테는 말할 것도 없고."

"그야 돈을 잘 버는 아빠가 있어서일 뿐이야."

"돈 있는 집 아이들이 더 쫀쫀하게 굴고 사람 무시하는 거 몰라, 형?"

"그딴 건 몰라. 난 아빠가 망하길 바랄 뿐이야."

"망하면?"

"가난하던 시절의 아빠가 되겠지. 그러면 친엄마와 같이 살테고, 그럼 난 지금보다 훨씬 행복할 거 아냐?"

은수는 더 이상 대꾸할 말이 없었다. 오늘 따라 민수 형이 예민하고 말이 많다는 느낌이 들었다.

"어쨌든……."

민수 형은 잠깐 시간을 끌고 나서 말했다.

"60점."

"60점?"

"네 연주 솜씨, 60점 정도는 된 것 같아."

"낙제 점수는 면했네?"

"나 없더라도 열심히 연습해. 기타는 내가 선물하는 거니까 네가 갖고."

민수 형의 목소리가 유난히 무겁고 비장하게 들려 약간 두려운 마음이 생겼다.

"무슨 소리야, 형?"

"뭐, 무슨 소리?"

"내가 없더라도, 라는 말."

민수 형은 피식 웃었다.

"너 그럼 나하고 살래? 영원히?"

그 말에는 대답할 수 없어서, 은수는 엉너리를 쳤다.

"그럴 수도 있지."

"나도 그랬으면 좋겠다. 하지만 그건 말이 안 되지. 넌 네가 보살펴야 할 아빠하고 누나가 있잖아. 난 그럴 사람이 아무도 없으니까 그냥 해 본 소리야."

"내가 영원히 가출한다면?"

민수 형은 은수의 얼굴을 똑바로 쳐다봤다. 그러고는 떫은 감을 물어뜯다가 뱉듯이 툭 던졌다.

"개새끼지!"

민수 형의 말을 듣자 은수는 골머리가 띵하는 어지러움을 느꼈다. 그러면서 휠체어를 타고 땀을 뻘뻘 흘리며 기타를 연주하고 있는 아빠 모습과 포크로 생선 살을 위태위태 찍어 먹다 끝내 옷에 흘리고 마는 누나의 모습이 떠올랐다. 코끝이 찡했다.

"고마워!"

은수는 기타를 바닥에 놓고 침대에 앉은 민수 형을 꼬옥 끌어안았다.

"고마워! 이 은혜 잊지 않을게."

"그래, 알았어."

"형이 내 진짜 형이었으면 좋겠어."

"알았어 인마. 울지 마. 나 우는 거 싫어."

은수는 형의 말을 듣자마자 가슴이 복받쳐 오르며 이제는 우는 소리까지 기어 나왔다. 참 많이 참았던 울음이었다.

'쟨 학교 다니면서 살림까지 한대.'

아줌마들이 지나가는 은수를 향해 하는 그 말을 들을 때마다 은수는 소리치고 싶었다. '나에 대해 신경 쓰지 마세요!'

'우리 아파트 오징어 댄스녀 공연 중이야.'

그 말을 듣고 돌아봤을 때 상가에서 흘러나오는 음악에 맞춰 흐물흐물 춤을 추고 있는 누나! 기관총이 있다면 당장 희

희낙락거리며 누나의 춤을 구경하는 놈들을 모조리 쏘아 죽여 버리고 말겠다는 상상을 하며 측백나무 뒤에서 울던 일.

바빠서 어쩌다 교복을 빨아 입지 못했는데, 같은 반 진솔이가 '애, 너 옷 좀 빨아 입고 다녀라. 너 땜에 기절할 것 같다. 어휴, 내앰새!' 하는 말을 들었을 때 3층으로 올라가 당장 뛰어내리고 싶었던 충동 등등, 그때마다 쌓였던 설움들이 한꺼번에 홍수처럼 목구멍 너머에서 범람했다.

그런데 어느 순간부터 민수 형이 은수보다 더 큰 소리로 울고 있었다. 그 기다란 몸을 훨씬 작은 은수에게 기대어 어깨가 춤을 추도록 울고 있는 형을 느끼면서, 은수는 울음을 그쳤다. 당황하고 미안했다.

'형, 울게 해서 미안해!'

은수는 마음으로 말했다.

아니, 날아가자

그날, 은수와 민수 형은 공주 시내에 나가 생선회를 먹었다. 회를 먹으면서 민수 형은 몇 번이나 말했다.

"바닷가에 우리는 자주 갔었지. 일주일에 세 번꼴로 해변가에 있는 야시장에 가곤 했을 거야. 필리핀 사람들은 비싸서 감히 못 먹는 것들도 우린 실컷 먹을 수 있었지. 우리나라 화폐가치가 높기도 했지만, 뭣보다도 외할아버지가 남겨준 유산 덕을 실컷 본 거야."

당시를 회상하느라 눈을 지그시 감고 말하는 형의 얼굴은 그러잖아도 흰 피부에 발그레한 술기운이 올라와 잘 익은 복숭아 색깔과 같았다. 짙은 눈썹에 오똑한 콧날, 여학생들이 홀딱 반하고도 남을 얼굴이었다.

은수는 자신과 형을 비교해 보았다. 민수 형은 키가 178센티미터쯤이지만, 은수는 165센티미터밖에 안 되었다. 민수 형은 팔다리가 길고 다리가 반듯했지만, 은수는 그렇지 못했다. 민수 형보다 피부가 희고 눈이 좀 크고 속눈썹이 길다는 것밖에 더 나은 게 없었다.

그렇게 멋진 형이 앞에 앉아 이야기를 하고 있다. 그런데다 집은 부자이고 아빠는 의사다. 지금까지 여행하며 먹고 자고, 게다가 기타까지. 은수는 민수 형에게 의존하고 있는 자신이 너무 초라하게 느껴졌다. 은수가 민수 형을 위해 할 수 있는 일은 아무것도 없었다.

하지만 이제 집으로 돌아가면 열심히 공부하고 아빠와 누나를 잘 보살피면서 모든 사람들이 칭찬하는 학생이 될 것이고 그래서 성공하면 그때 민수 형에게 보답할 것이라고 맘속으로 다짐했다.

민수 형은 소주 한 병밖에 마시지 않았다. 그것도 은수가 두 잔이나 받아 마셨으니까 마신 양은 아주 적었다. 그래선지 민수 형은 술에 취한 것 같지 않았다. 다른 때와 특별히 달랐던 것은 뭔가 깊이 생각하는 모습이었다. 어쩌다 은수가 말을 걸면 '응, 알았어' 정도의 짧은 말로 건성건성 대꾸했다.

그런 뒤 여관으로 돌아왔다.

택시로 궁전 여관에 돌아오면서 민수 형은 한 마디 말도 하지 않았다. 은수도 잠자코 앞만 보았다.

택시에서 내리자 민수 형은 어지럽다며 잠깐 정원에 있는 벤치에 앉았다 가자고 했다. 은수도 더워서 들어가기 전에 바깥바람을 쐬고 싶었으므로 그러자고 했다.

앉기는 앉았지만 형은 멍하니 아무 말도 없었다. 그 무료함을 은수는 모기 쫓는 걸로 때웠다. 한참을 그렇게 앉아 있던 민수 형이 마침내 입을 열었다.

"너, 서울 언제 갈래?"

은수는 잠시 생각한 뒤에 대답했다.

"형이 가자고 할 때."

"난 그냥 여기서 살 건데?"

"그럼 나도 여기서 살고."

은수 딴에는 웃으라고 한 말인데 형은 웃지 않았다. 시무룩하게 한동안 있더니 굴러 온 야구공을 왔던 곳으로 던지듯 말을 툭 던졌다.

"걸어가자!"

생뚱맞은 말에 은수는 어리벙벙했다.

"어디로?"

“서울 갈 때 말이야.”

형은 동학사에서 했던 말을 되풀이하고 있었다. 그때는 그냥 해 보는 소리인 줄 알았는데, 지금은 진지하게 들렸다. 은수는 잠시 생각했다.

“좋아, 형. 우리 걸어가. 가다가 밖에서도 자 보고, 좋은 데 있으면 하루 종일 그곳에서 놀기도 하고.”

“그래, 좋았어. 걸어가자. 아니, 이왕이면 날아가자.”

“날아가? 비행기로?”

“영혼으로 날아가면 되지.”

“……?”

“그냥 훨훨 날아가고 싶다. 자유롭게! 가고 싶은 곳 어디나 갈 수 있게. 날아가다가 보고 싶은 사람 찾아가기도 하고 시원한 물이 있으면 목욕도 하고, 과수원에 들어가 몰래 맛있는 과일도 따 먹고.”

“형, 시 써?”

그 말에 형은 비로소 은수를 바라보며 빙긋이 웃었다. 희미한 정원등 불빛에 앞니가 하얗게 드러나도록 웃었다. 그런데 무척 쓸쓸해 보였다.

형은 방에 들어오자마자 대뜸 침대로 들어가 이불을 덮고 누웠다. 매우 피곤해 보였으므로 은수는 기타를 치지 않고 잠시 소파에 앉아 텔레비전을 보다가, 형이 자는지 확인하고는 이불을 가지고 와 소파에 길게 누웠다. 오후 내내 싸돌아다닌 데다 술까지 마신 탓에 은수도 금방 잠의 나락으로 곯아떨어질 수 있었다.

은수는 잠에서 깨어났다. 눈을 뜨기 전에 어떤 일들이 일어난 것 같은 느낌이 들었다. 꿈처럼 누군가가 중얼대는 소리 같기도 하고 틱 틱 틱, 어떤 기계를 조작하기 위해 버튼을 눌러대는 소리 같기도 했다.

침대 쪽에 켜져 있던, 핑크색 등피를 뒤집어쓴 스탠드가 꺼져 있었다. 침대 위에 이불이 봉긋 솟아 있는 것으로 봐 민수 형은 그제껏 자고 있는 듯했다. 어느새 미명이 방 안에 들어와 서성댔다. 은수는 이불을 당겨 머리 위까지 뒤집어쓴 뒤 눈을 감았다. 몸이 나른해지며 다시 잠에 빠져들었다.

얼핏 개굴 개굴, 개구리 우는 소리 같은 형의 휴대전화 문자 메시지 수신음이 들려왔다. 은수는 형 휴대전화니까 금방 받겠지 하며 다시 잠 속으로 말려 들어갔다. 그런데 또 문자 메시지 알림음이 들려왔다. 형이 어지간히 피곤했나 보구나, 생각하며 다시 잠 속으로 빠져들려는데 문자 메시지 수신음이 또 들려왔다. 그때는 잠이 싸악 달아나 버렸다. 은수는 상체를 일으키며 형을 불렀다.

"형!"

반응이 없었다.

"혀엉!"

은수는 소파에서 내려와 침대로 다가갔다. 그사이 창문은 훤하게 밝아 있었다.

"형, 자?"

대답이 없었다. 순간 머리끝이 쭈뼛하며 머리털이 꼿꼿이 일어나는 것을 느꼈다. 다가가 형을 흔들어 깨우려고 이불에 손을 대자 손이 이불 쿠션 속으로 푹 들어갔다. 깜짝 놀라 이불을 들추어 보았다. 형은 그곳에 없었다.

"형, 어디 있어?"

은수는 민수 형을 부르며 방 안을 살폈다. 없었다. 욕실 문을 열고 불을 켜 살폈다. 없었다. 붙박이장까지 열어 봤지만 어디에도 형이 없었다. 그때 개구리 울음소리의 문자 메시지 수신음이 또 울렸다.

"어디 간 거야?"

은수는 중얼거리며 문자를 확인했다.

은수야미안하다이예약문자
네가볼때쯤난여기에없을거
야참즐거웠다행복했고여기
있는지갑챙기고빨리떠나서
울로올라가라안녕!

띄어쓰기 없이 붙여 쓴 글이라서 잘못 이해할 수도 있다는 생각에 다시 꼼꼼하게 읽었다. 그러나 오해할 부분이 없었다. 이불 밑에 지갑이 있었다. 그런데 형이 여기에 없다는 말은 뭐야? 동학사에 가서 엄마 따라 스님이 된다고? 아니면 서울에 혼자 올라갔나? 어떻든 좋아. 그런데 왜 이렇게 불안하지? 왜 불안한 거지?

그때 은수는 화들짝 놀랐다. 놀라고 나서야 노크 소리가 났다는 것을 깨달았다.

'형이다!'

은수가 후다닥 뛰어가 손잡이를 잡으려고 손을 내미는데, 이미 문이 열리고 있었다. 여관 여주인이었다.

"학생한테는 아무 연락 없었어?"

"뭘요?"

"같이 있던 형."

"아니요?"

여관 주인은 은수에게 따라오라는 눈짓을 보이고 밖으로 나섰다. 휴게실에 이르러 북쪽을 향한 커튼을 젖히자 바깥 경치가 눈에 들어왔다. 해는 뜨지 않았지만, 밖은 훤하게 밝아 있었다. 여관 앞 둥구나무 옆에 구급차와 경찰차가 비상등을 켠 채 서 있었고…… 소방대원이 나무에서 뭔가를 끌어내리고 있었다.

"무슨 일인지 알겠어?"

은수는 아무 말도 할 수 없었다. 꿈을 꾸고 있는 듯한 느낌이었다.

"친형제간은 아니지?"

은수는 흠칫했다. 어떻게 대답해야 하나? 형보다 더 가까운 사이라고 말하고 싶었다. 하지만 그건 적당한 대답이 아닌 것 같았다. 뭐라고 말하지? 망설이는 은수에게 여관 주인이 말했다.

"그래, 친형이 아니라는 거 알아. 어쨌든 저렇게 밖에 나가 죽어서 우리 업소에도 피해를 주지 않았고 너도 큰 화는 면했구나."

형이 죽었다. 그런데 주인 아줌마는 복잡하게 얽힐 뻔한 사건에서 헤어났다는 것에 안도하자는 듯 얘기했다. 형이 죽었는데? 어떻게 그럴 수 있는 거죠? 묻고 싶었다. 주인 아줌마는 은수의 눈치를 살피고는 단호한 목소리로 말했다.

"나한테 문자 메시지를 보냈어. 예약 문자겠지. 네가 여길 빨리 떠나게 만들어 달랬어."

그러고는 휴대전화를 꺼내 은수 눈 앞에 내밀며 덧붙였다.

"네 형이 띄운 문자 메시지야."

띄어쓰기 없이 아줌마가 말한 내용 그대로가 씌어 있었다.

"형의 마음을 헤아려 주는 것이 예의겠지?"

"생각해 보고요!"

은수는 돌아섰다.

"학생!"

아줌마가 뒤에서 불렀지만 은수는 똑같은 말을 외치면서 방으로 들어왔다.

"생각해 보고요!"

방에 들어오자마자 침대에 엎드렸다. 숨이 찼다. 정신이 몽롱했다. 울어야 옳은데, 울음이 나오지 않았다. 이불에 얼굴을 묻고 숨만 헐떡였다. 순간, 이불에서 형이 면도 후 늘

바르는 프랑스제 스킨 냄새가 났다. 동시에 둥구나무 가지에 매달린 형의 모습이 떠올랐다. 언젠가 만화에서 보았던 목 매달린 그림과 겹쳐지면서 소름이 쫘악 끼쳤다. 은수는 스프 링이 튕기듯 벌떡 일어나 침대에서 뒷걸음쳤다. 형의 시체가 침대 위에 뉘어져 있는 모습이 그려졌다. 은수는 그대로 방 문을 열고 밖으로 나왔다. 주인 아줌마와 청소부 아줌마가 곧 나오리라 짐작했다는 표정으로 말했다.

"무섭지?"

주인 아줌마가 물었다.

"어떻게 해야죠?"

"여기 아줌마랑 내가 짐 정리해 줄게. 그리고 아저씨가 고 속버스 터미널까지 태워다 준댔어."

은수가 할 수 있는 일은 아무것도 없는 것 같았다. 그냥 맡 길 수밖에 없었다. 빨리 그곳을 떠나고 싶었다.

먼저 방에 들어간 주인 아줌마와 청소부 아줌마는 침대부 터 정리했다. 형이 덮던 이불을 개다 말고 청소부 아줌마가 물었다.

"휴대전화 가져갈 거지?"

은수는 멈칫했다. 휴대전화를 가져간다? 그러면 위치 추적으로 내가 있는 곳이 밝혀지지 않을까? 안 가져간다? 그러면 형에 대한 배신 행위가 아닐까? 또 휴대전화로 돈을 꺼내 쓸 수도 있지 않을까? 일단 형의 소지품이니까 내가 가지고 있는 게 좋겠지? 위치 추적은 휴대전화를 꺼 놓으면 되니까.

"가져갈 거여, 안 가져갈 거여?"

"예, 가져갈게요. 가져가요."

"기타는? 옷은?"

"다 가져가야죠."

형의 여행 가방에 옷을 챙겼다. 기타 케이스에 스탠드와 기타, 그리고 클래식 기타 교본 한 권을 챙겼다. 그것을 메고 방문을 열고 나와 아래층 카운터를 지나다 문득 생각나는 게 있었다.

"참, 지갑! "

은수는 주인 아줌마를 똑바로 쳐다보며 덧붙였다.

"어딨죠?"

그러자 주인 아줌마가 멈칫하며 얼굴이 빨개지더니 어색하게 웃으며 바지 주머니에서 형의 지갑을 꺼냈다.

"내 정신 좀 봐. 까딱하면 잊어버릴 뻔했네."

바깥 마당에는 주인 아저씨가 차 시동을 걸어 놓고 차 문도 열어놓은 채 기다리고 있었다. 은수가 타자마자 차가 출발했다.

고속버스 터미널에 내리자 기다리고 있던 20대 청년이 다가와 서울행 버스표를 내밀었다. 주인 아저씨가 그것을 받아 은수에게 건네며 말했다.

"서둘러야 혀. 경찰이 자살한 학생이 누구인지 밝혀내면 네가 제일 먼저 끌려가겠지. 안 그려?"

그건 사실이었다. 그러면 민수 형의 지갑을 가지고 있고, 지금까지 민수 형의 돈으로 지냈다는 게 밝혀질 테고, 민수 형의 엄마와 아빠를 만나면 그동안 있었던 일을 다 말해야 할 것이고, 서울에 가면 학교에 알려질 것이고…… 아, 생각하기만 해도 아찔하고 끔찍했다!

길따라 마냥 걸었다

고속버스에 타고 나서 눈을 감았다. 형이 죽었다. 그러면 슬퍼야 하는데 왜 눈물이 나오지 않을까? 실제로 있던 일 같지가 않았다. 누군가의 이야기를 들은 것 같기도 하고 옛날에 꿨던 꿈이 현실처럼 느껴지는 것 같기도 했다.

앉아 있는 게 갑갑했다. 출발 시간은 오 분 정도 남아 있었다. 다시 눈을 감았다. 그때 전날 궁전 여관 정원 벤치에 민수 형과 앉아 있었던 기억이 떠올랐다. 형의 말소리도 들려왔다.

걸어가자…… 날아가고 싶어…… 자유롭게!

아, 그때 깨달았어야 하는데!

그 생각에 미치자 갑자기 숨이 막혀 오면서 마구 울부짖고 싶었다.

형! 날아가는 거야? 나도 날아가고 싶어! 나도 가고 싶다고!

은수는 숨이 가빠 가만히 앉아 있을 수가 없었다. 토할 것도 같았다. 은수는 비척비척 버스 밖으로 나왔다. 짐칸이 닫히고 있었다.

"잠깐만요!"

은수는 짐칸에 실린 기타와 가방을 꺼냈다. 그러고는 터미널 밖을 향해 걸었다.

"안 탈 거여?"

뒤에서 버스 기사가 소리쳤지만 못 들은 척했다. 그냥 걸었다. 계속 걸어갔다.

일단 아치형의 금강 다리를 바라보고, 그 다리를 향해 땅만 보며 걷고 또 걸었다. 기타 케이스는 가벼워 부담이 없었는데 가방이 문제였다. 양쪽 어깨로 번갈아 가방을 메려니 번거롭기도 하거니와 균형이 깨져 걷기가 불편했다. 이대로는 서울까지 걸어갈 수 없을 것 같았다.

금강 다리를 건너자 몸이 반응하기 시작했다. 가방을 멘쪽 어깨가 뻐근해 왔다. 더는 참고 걷기 힘든 통증으로 이어졌다. 손에 들고 가자니 몸의 균형이 안 맞아 더 힘들었다. 그때, 등산 장비 가게가 눈 안에 들어왔다. 은수는 민수 형이 놓고 간 지갑을 가방에서 꺼냈다. 지갑 속에는 오만 원권 넉 장과 만 원권 두 장, 그리고 천 원권이 다섯 장이 들어 있었다. 지갑을 속속들이 뒤졌지만 돈 뿐, 어떤 사진이나 메모도 없었다.

은수는 가슴이 뭉클했다.

"형, 형…… 형."

은수는 등산 장비 가게에서 배낭처럼 등에 멜 수도 있고 긴 끈을 연결시켜 사선으로 멜 수도 있는 가방을 샀다. 그 속에 속옷이며 책을 넣고 기타 스탠드도 넣었다. 그러고는 다시 걸었다. 아무 생각 하지 않고 일단은 마냥 걷기로 했다. 햇볕이 쨍쨍 내리쬐든 차들이 매연을 내뿜고 지나가 목이 메든 상관하지 않기로 했다. 죽기야 하겠느냐는 생각이었다. 아니, 그러다 죽어도 괜찮다는 생각이었다.

은수는 길 따라 마냥 걸었다. 걷고 또 걸었다. 고개를 돌리지 않으려고 땅만 보고 걸었다. 어느 순간 동네에 들어섰다. 길옆에 있는 주민센터를 지나고, 어린이 놀이터를 지났다. 그제부터는 언덕이었다. 언덕 막바지에는 유치원이 있었다. 유치원 앞을 지나자 내리막길이었다. 길 왼쪽은 아파트 담벼락이고 길 오른쪽은 초등학교 운동장으로 이어져 있었다.

이쯤이면! 속으로 뇌이며 비로소 고개를 돌렸다. 길 너머는 하늘이 차지하고 있었다. 솜털 구름이 뒹구는 파란 하늘이!

어느 순간 가슴이 메었다.

"형, 여기까지 걸었어. 형은?"

울음이 왈칵 쏟아졌다. 은수는 이를 악물고 걸어서 길가 공원 안으로 들어갔다. 공원 벤치에 앉자마자 참았던 울음을 마저 토해 냈다.

비로소 민수 형이 죽었다는 것, 이 세상에 존재하지 않는다는 사실이 심장에 와 닿았다.

"형!"

불러 봤지만, 허전할 뿐이었다. 은수는 걸었다. 형은 날았다. 아무래도 은수를 찾아오지는 않을 것 같았다. 아직은 여기보다 가 보고 싶은 곳이 많으니까. 그래서 여기저기 날아다니겠지.

은수는 마냥 걷고 싶었다. 사람이 드물고 이왕이면 차 소리도 들리지 않는 그런 곳으로만 걷고 싶었다. 걷다 보면 언젠가는 서울이 나타날 테고, 집까지 걸어가면 그만이지 않겠는가.

공주에서 서울로 가려면 북쪽으로 북쪽으로만 가면 된다. 아는 거라고는 북쪽으로 가야 한다는 것뿐이지만 서울까지 가는 길을 훤히 꿰뚫고 있는 듯한 생각이 들었다.

지금 몇 시쯤 되었을까? 은수는 주위를 두리번거리다 길가 가로수 밑에 앉아 가방에서 휴대전화를 꺼내 전원을 켰다. 두 시 삼십삼 분이라 쓰여 있었다. 해를 보았다. 오른쪽에 있다. 그렇다면 해가 있는 쪽은 남쪽이니까 해를 등지고 가면 될 게 아닌가.

갑자기 허기가 몰려왔다. 국도를 따라갈수록 집들이 촘촘하면서 높아지고, 아파트 건물들이 자주 눈에 띄었다.

어느 도시에서나 쉽게 찾을 수 있는 서울식당으로 들어갔다. 손칼국수집인데, 간판에 괄호를 두르고 '원조'라고 씌어 있는 집이었다. 주인 아줌마는 뚱뚱한데다 잘 구워진 통닭처럼 얼굴이 갈색이었다.

"칼국수 하나 주세요."

은수의 말에 주인 아줌마는 이렇다 저렇다 말 한 마디 없이 주방으로 들어가더니 이내 칼국수와 김치를 내왔다. 멸치냄새가 구수하게 퍼졌다. 썰어 넣은 애호박을 보다가 옛날이 떠올랐다. 엄마는 손칼국수를 자주 만들어 주었다. 엄마는 멸치 국물로 칼국수를 만들기 때문에 국물을 우린 멸치는 따로 버렸다. 하지만 은수는 우리고 난 멸치의 짭짤한 맛이 좋았다. 엄마는 칼국수를 만들어 줄 때마다 은수에게 우리고 난 멸치를 따로 담아 내놓았다. 그러면서 한마디 놓았다.

"넌 아빠 닮아 아무거나 잘 먹어서 이뻐."

또 엄마 생각이군! 은수는 속으로 중얼거리며 생각을 돌려 입으로 거푸 들어가는 칼국수 맛을 즐기려고 애썼다.

"학생, 더 줄까?"

"아니요."

"어디 먼 데서 오는 가벼?"

"네."

계산대 책상 앞에 앉아 있던, 군복을 입은 50대 중반쯤의 아저씨가 은수를 쳐다보며 끼어들었다.

"요 뒤로 가면 세면대 있어. 젊은 녀석이 허우대는 멀쩡해 가지고 그 꼴로 돌아다니면 쓰겠냐. 가서 씻어라."

명령조였다. 서울에서는 손님한테 이렇게 말하는 사람을 본 적이 없었다. 그런데 여기서는 통하는 것 같았다.

식당 뒤로 돌아가자 세면대가 보였다. 화장실과 붙어 있었다. 은수는 우선 화장실에 들러 벽에 붙은 거울에 자신의 모습을 비춰 보았다. 아저씨가 그런 말을 할 만했다. 한 달 넘게 머리를 깎지 않은 데다 아침에 세수도 못하고 나오는 바람에 몰골이 말이 아니었다. 노숙자와 다를 바가 없었다. 가족과 떨어져 집도 없이 떠돌아다니는 떠돌이와 다를 바가 없었다.

그랬다. 집을 떠나 되는 대로 마구 떠돌아다니고 싶은 적이 한두 번이 아니었다. 그냥 그렇게 다니다가 어느 순간 배가 고파 더 이상 돌아다니지 못할 때는 푹신한 풀밭이나 아늑한 숲 속에서 배고파 죽을 때까지 그대로 누워 있으면 된다고 생각했었다. 언젠가 들은 이야기인데 굶어 죽는 것이 어느 순간만 지나면 가장 편안하다고 했다. 그렇게 죽고 싶었던 적이 많았다.

밖에서 노크 소리가 들리고 이어 말소리가 뒤따랐다.

"학생, 지금 뭐혀?"

주인 아저씨 목소리였다.

"예, 나가요."

세면실을 나오자 군복을 입고 있던 아저씨가 굳은 얼굴로 서 있었다.

"너 가출했지?"

"여행 중이에요."

"학교는?"

"잠깐 쉬고요."

아저씨는 모든 걸 다 알고 있다는 표정으로 말했다.

"서울에서 내려온 학생이 자살한 사건이 두 건이나 있었디야. 그래서……."

"전 서울까지 걸어갈 거예요. 절대 안 날아갈 거니까, 걱정 마세요."

"으응? 뭔 소리여?"

햇살이 은수의 온몸을 바늘처럼 콕콕 찔러 댔다. 쌩쌩 지나가는 차들은 끊임없이 매캐한 매연을 뿜어냈다. 아무리 도로 가장자리로 바짝 붙어 걸어도 허파는 매연과 먼지를 끊임없이 빨아들였다.

은수는 문득 서울 집이 떠올랐다. 아빠가 걱정을 하고 있을 것이다. 여전히 되지도 않는 알함브라 궁전의 추억을 연주해 보겠다고 고군분투할 것이다. 누나는 스스로 밥을 해 먹어야 하니 짜증을 내며 주민센터나 복지관, 또는 성당이나 교회로 전화를 걸어 반찬 부탁을 할 것이다.

돌아 가고 싶지 않았다. 아니, 걷다 보니 궁금하고 걱정되어 빨리 가고 싶었다. 그러다 또 걷다 보니 가고 싶지 않았다. 그냥 서울을 향해 영원히 걷고 걷다가 나이가 먹어 늙어 죽어도 상관없다는 생각을 했다. 어쩌면 가다가 강도를 만나 칼에 배가 찔려 죽을 수도 있겠고, 달리는 차에 치여 죽거나 병원으로 실려 갈 수도 있겠다. 그래도 상관없을 것 같았다.

갈수록 집들이 띄엄띄엄 나타났다. 집들의 높이가 납작납작해졌다. 논에는 모가 자라고 있었다. 어릴 적 어떤 친구는 한 번도 벼를 본 적이 없어서 쌀이 나무에 열리는 줄 알았다고 했다. 하지만 은수는 벼를 알았다. 할머니가 시골에서 농사를 지었기 때문이다.

은수의 기억으로 시골 할머니 댁에 간 것은 초등학교 때 서너 번이었다. 가장 마지막으로 간 것은 초등학교 4학년 때 여름 방학이었을 것이다. 아빠가 모는 차를 타고 저녁에 갔다가 그 이튿날 새벽에 왔다.

할머니가 엄마에게 마구 소리 지르며 욕까지 퍼부었다. 엄마는 울고만 있었고, 대신 아빠가 할머니와 다투었다.

집안이 안 되려니까 저런 게 들어와 병신이 생겼지! 집사람이 무슨 죄가 있어요? 저하고 같이 낳았지 집사람 혼자 낳았나요? 꼴도 보기 싫으니까 나가! 당장 나가라고! 나갈게요!

다시는 이 집구석에 발 들여놓지 않을 겁니다! 저런 걸 자식
이라고 낳고 미역국을 먹다니! 가자 은선아, 은수야. 당신도
빨리 짐 싸!

누나는 뒤늦게 울었다. 엄마와 누나는 부둥켜안고 서울에
올 때까지 내내 차 안에서 울었다.

온 세상이 불그스름해졌다.

은수는 갈림길에 들어섰다. 동쪽을 향해 뻗은 도로와 북쪽
으로 난 시골길이 있었다. 서울로 가려면 북쪽으로 가야 했
다. 은수는 북쪽으로 난 시골길을 선택했다.

까마중

앞에 꽤 높은 산이 가로막고 있었다. 그 기슭에는 한식을 파는 기와집 한 채, 그러고는 서양식 건물들이 널찍널찍하게 자리를 잡고 있었다.

그리고 그 앞에는 하나같이 커다란 간판이 붙어 있었다. 유황 오리, 매운탕, 멧돼지 고기…… 고기, 고기, 고기, 탕, 탕, 탕. 모두가 먹자판 간판들이었다. 다행히 한 군데, 한정식이라 적힌 소박한 식당이 있었다.

기타를 메고 가방을 어깨에 걸친 소년이 들어서자 식탁에 성경책을 올려놓고 읽고 있던 아줌마가 떨떠름하게 쳐다보며 물었다.

"학생 왜?"

"저녁 좀 먹으려고요."

아줌마는 성경책을 덮고 일어나 주방으로 들어갔다. 눈치로 봐 손님이 없어 쉬고 있는데 겨우 밥 한 그릇 팔기 위해 일어서는 게 별로 달갑지 않다는 기색이었다. 은수는 어정쩡하게 서 있었다. 탁, 하고 가스 불 스위치를 올리는 소리에 이어 아줌마의 말소리가 들려왔다.

"아무 데나 앉아."

은수가 신발을 벗고 식탁 앞에 앉자 아줌마가 물었다.

"된장국, 순두부 백반, 그렇게 되는디."

"순두부 백반 주세요."

밥을 먹고 나자 노곤하여 한 발짝도 떼기 싫었다. 주인 아줌마에게 가까운 데 여관이 있느냐 물었다. 아줌마는 은수를 아래위로 훑어보고 나서 대답을 주었다.

"민박할겨?"

아줌마네 식당 뒤꼍에 한옥 한 채가 딸려 있었다. 가로닫이 붓글씨로 '민박 가능'이라는 팻말이 붙어 있었다.

은수는 그 방에서 그림으로만 보았던 지네의 실물을 처음 보았다. 두려워 아줌마를 불렀다. 들어올 때는 못 봤던 배불뚝이 아저씨가 헉헉거리며 들어오더니 손으로 지네의 머리를 잡아들고 나가며 한마디 놓았다.

"이거 허리 아픈 디는 최곤겨."

"물어요?"

"물지."

"아파요?"

아저씨는 검고 번들거리는 얼굴에 웃음을 가득 담고 은수를 놀리듯 말했다.

"남자는 거시기 물려 죽기도 하지. 흐흣!"

아저씨가 나가고 한참 시간이 지난 후에야 거시기가 어떤 곳을 말하는 것인지 알아챘다.

'은수야, 일어나. 같이 밖에 안 나갈래?'

민수 형의 목소리에 은수는 눈을 떴다. 궁전 여관과 헷갈렸다. 그러나 금세 궁전 여관이 아니라는 것을 깨달았다. 항상 조용했던 궁전 여관과는 다르게 방문 밖이 시끌벅적했다.

"손님 있다문서 이렇게 떠들어도 되남?"

남자 어른의 목소리에 주인 아줌마가 말했다.

"애여 애. 중학생, 아니문 고등학교 1학년 정도 되는 애승이니께 암시렁토 안 혀."

그 말이 끝나기가 무섭게 떠들썩한 소리가 뒤따랐다.

사람들이 떠들든 말든 은수는 다시 눈을 감았다. 오줌이

마려웠지만 일어나기 싫어 그냥 참았다. 그러다 더 이상 참을 수 없어 일어났다. 방문을 열고 밖으로 나오자 앞에 펼쳐진 논에서 농부 몇몇이 일을 하고 있는 게 보였다. 논 건너편은 숲이 울창한 산이었고 산속에 기와집 한 채가 구름처럼 부푼 나무에 몸을 감추고 엎드려 있었다.

"학생, 아침 안 먹고 가?"

주인 아줌마가 물었다.

"뭐 먹을 수 있어요?"

"미역국도 있고 된장국도 있고."

"어제 순두부 백반 맛있던데, 해 주실 수 있어요?"

"그건 준비가 안 되았는디."

"그냥, 아무거나 주세요."

데운 된장국에 밥 한 그릇, 그리고 김치와 멸치 볶음, 장아찌 같은 반찬 서너 가지가 나왔다. '이렇게 차려 주고 돈을 받겠지. 바가지야 바가지.' 라는 생각이 들었지만 일단은 맛있게 먹었다. 아줌마는 주방 앞 건너편 식탁에서 완두콩을 까고 있었다.

"얼마죠?"

은수가 묻자 아줌마는 꼭 화난 얼굴처럼 표정을 굳히면서 대꾸했다.

"내가 돈 받을 거 같으면 그렇게 차려 주었어? 근디, 학생 본거지가 어디여?"

"본거지요?"

"어디서 왔냐고."

"아, 서울요."

아줌마는 완두콩 까던 손을 멈추고 고개를 갸우뚱했다.

"학교는 어떡허고?"

"그냥, 그냥 여행하려고요."

"며칠째야?"

"한 달 다 됐어요."

아줌마는 한심하다는 듯이 고개를 가로젓더니, 툭 튀어나온 눈이 또로로 굴러떨어지기라도 할 듯이 더 크게 뜨며 말했다.

"무슨 사연이 있어 그러는지는 모르지만, 학생은 공부를 하야지. 서울 가는 차 타려면 요 앞에서 시내버스 타고 공주 터미널로 가면 되어."

"그냥 걸어가려고요."

"어디까지? 천안?"

"아니요."

"서울까지?"

"네."

아줌마는 이번에는 혀까지 쯧쯧쯧 찼다.

"젊으니께 어떡하든 괜찮겠지만, 공부는 절대로 잘하고 봐야 혀. 내가 아들 둘인디 둘 다 선생이라서 하는 말이여."

"예, 고맙습니다."

은수는 인사를 하고 자리에서 일어났다. 가방을 배낭식으로 메고 나서 기타를 들어 왼쪽 어깨에 걸쳤다.

"안녕히 계세요."

"건강하게 여행 잘혀."

"네."

아줌마는 사과 두 개와 방울토마토 한 봉지를 은수 손에 들려 주었다.

천태산을 돌아 덕학리라는 곳에 이르자 벌써 점심 때가 지나가 버렸다. 은수는 그곳에서 점심을 먹고 도로 옆 버스정류소 벤치에 앉아 가방을 안은 채 한참을 졸았다. 햇볕이 강해서 정류소 지붕 밖으로 나가면 금세 시커멓게 구워질 것만 같았다.

오후 네 시가 다 돼서야 은수는 다시 걷기 시작했다. 푹 쉬어선지 다리가 한결 가볍고 힘도 생겼다. 문제는 발에 물집이 잡히기 시작했다는 것이다. 그래도 걸어야 했다. 걸어서 서울까지 가야 비로소 은수라는 아이가 분명히 존재한다는 것을 확인받을 수 있을 것 같았다. 만약 중간에 차를 타게 되면 영원히 은수의 일생에서 은수다운 은수는 없으리라고 생각을 굳혀 버렸다.

일곱 시가 가까워지자 비로소 황혼이 짙어 가기 시작했다. 바지에서 뭔가 자꾸만 걸리적거려 빼내 봤더니, 민수 형 휴대전화였다. 두려워 전원을 꺼 놓고 있지만, 이따금 켜고 싶다는 생각도 들었다. 그러면 위치 추적이 되어 경찰에 끌려갈 수도 있다.

아직 걸어서 서울에 도착하지 못했으니 자신이 존재한다는 것을 확인받지 못했다. 이대로 잡히면 영원히 존재를 확인 받지 못하므로 휴대전화를 켤 수 없었다.

그런데도 자꾸만 휴대전화를 켜고 싶었다. 은수는 결국 전원을 한 번 켜 보았다. 켜자마자 부재중 전화가 하나, 둘, 셋, 넷…… 스물아홉 통이 표시되어 있었다. 은수는 재빨리 휴대전화를 껐다. 그리고 잠깐 망설이다 휴대전화를 멀리 논 가

운데로 던져 버렸다. 저 너머 논에서 일을 하던 농부 아저씨
가 은수의 행동이 미심쩍은지 한참 동안 쳐다보았다. 민수는
시침 딱 떼고 다시 걸었다.

걸었다. 걷고 또 걸었다. 차가 빈번히 왔다 갔다 하는 곳은
논둑길로 돌아 돌아 걸었다. 논둑을 걸을 때면 폭신폭신한
감촉이 참 좋았다. 이따금 가축 분뇨 뜬 냄새가 진하게 풍기
는 것도 싫지 않았다. 논두렁에도 밭두렁에도 꽃들이 지천이
었다. 아쉽게도 은수가 알아볼 수 있는 꽃은 몇 가지 안 되었
다.

어느 동네에 이르자 그곳에 초등학교가 나타났다. 교문으
로 들어가는, 양 옆에 꽃들이 있고 꽃에 팻말이 붙어 있었다.
메발톱, 조팝나무, 물싸리, 기린초, 패랭이, 곰취, 괭이밥, 금
낭화, 까마중, 까치수염.

그중에 은수가 아는 꽃은 패랭이와 까마중이었다. 패랭이
는 초등학교 자연 학습장에서 배워 눈에 익었다. 그리고 까
마중은 아빠가 존경의 대상이었던 시절, 초등학교 때 아빠와
등산 갔다가 내려오다가 길가에서 보았다.

아빠가 까맣게 매달린 열매를 따서 먹으며 “이거 먹는 거
야, 아빠 시골에 살 때 많이 먹어 봤어.”라고 했었다. 그래서

은수도 따 먹었는데 달착지근했다. 당시 은수가 그 식물의 이름을 묻자 아빠는 모르겠다고 했었다. 은수는 지금에야 알게 되었다.

'아빠, 나 이 식물 이름 알아냈다. 까마중이라고 해.'

아빠와 이런 대화를 나눌 기회가 올까…….

아빠의 쥐 이야기

은수는 거푸 걸었다.

"키타 잘 치는가 벼."

은수는 멈칫 걸음을 세웠다. 밀짚모자를 쓰고 땅바닥에 철퍼덕 앉아 풀을 뽑고 있는 농사꾼이 비로소 눈에 들어왔다.

"잘 못 쳐요. 열심히 배우는 중이에요."

"좋은 악기지. 열심히 쳐."

그러면서 농사꾼은 은수를 바라봤다. 검보라색 짙은 색안경을 끼고 있었다. 그제야 은수는 아저씨의 다리가 시원치 않다는 것을 알아챘다. 엉덩이 살이 거의 없고 바지는 땅바닥에 축 쳐져 있어 속에 다리의 윤곽이 거의 드러나지 않고 있었다.

"아저씨, 몸이 불편하세요?"

"남과 좀 다르지."

“걸음을……”

“흔히들 나 같은 사람을 앉은뱅이라고 하지. 허허.”

은수는 어떻게 말을 받아야 할지 몰라 쩔쩔맸다. 그 속사정을 알기라도 하듯 아저씨는 덧붙였다.

“거기다 난 장님이여.”

“장, 님이요?”

“앞을 못 봐.”

은수는 움찔 놀랐다.

“그럼 어떻게 풀을 뽑고 계세요?”

“그야 풀이 내게 말을 해 주지. 나 여기 있으니 뽑을 테면 뽑아 봐라 하고 말야.”

“그럼 제가 기타를 메고 가는 건 어떻게 아셨어요?.”

“기타가 엉덩이에 부딪히는 소리를 들었지. 텅, 소리 뒤에 기타 줄이 우는 소리가 들렸어.”

“와, 굉장하시네요!”

“눈이 안 보이면 귀가 더 잘 들리게 돼. 그게 사람 몸뚱이여.”

“네에.”

그러고는 인사를 하고 그냥 지나갈까 말을 더 붙일까 망설였다. 그러고 보니 해가 서산으로 막 넘어가고 있었다. 어디서든 저녁을 먹고 잠을 자야 했다.

"가까운 데 혹시 저 잘 만한 곳 없어요?"

"가까운데 어디? 요 근방에는 없어."

아저씨는 생각하는 듯하더니 덧붙였다.

"정 뭐하면 우리 집에서 자고 가. 목소리로 듣자 하니 어려 보이는데. 중학교 2, 3학년쯤 되지?"

아저씨는 은수에게 질문을 하고는 곧바로 더 큰 목소리로 말을 이었다.

"어, 어서 와. 오늘은 좀 늦었네."

"얘기하고 있는 젊은이는 누구유?"

"응, 지나가던 학생."

은수가 뒤를 돌아 보니, 왠 아줌마가 뒤쪽 농로를 따라 휠체어를 밀고 오는 중이었다. 은수는 아저씨의 청각에 또 한 번 놀랐다. 아줌마는 오른쪽 다리를 절었고 오른손도 편치 않은 데다, 얼굴에는 천연두 자국이 있고 한쪽 눈도 덮여 있었다.

"안녕하세요."

"어디 사는 학생이여?"

“서울이요.”

서울이라는 말에 아줌마는 얼굴 가득 웃음꽃을 피우더니 자신의 두 자식도 서울에서 살고 있다며 반가워했다.

누추하지만 아저씨네 집에서 자고 가라는 말에 은수는 그렇게 하기로 했다.

아줌마는 집으로 가다가 할아버지를 태운 휠체어를 세우고 길가 수풀로 다가가며 말했다.

“학생, 딸구 먹어 봤어?”

“딸구요? 아, 산딸기요.”

“이건 멍석딸구라고 하는겨. 먹고 싶으면 따 먹어.”

“예.”

은수는 연신 딸기를 따 먹고도 손에 한 움큼 그러쥐었다. 그중 일부를 아저씨 손에 쥐어 주었다. 아줌마도 아저씨의 다른 한 손에 딸기를 쥐어 주었다. 양손에 딸기를 받아 든 아저씨는 행복한 웃음을 띠며 말했다.

“딸구하고 연관 있는 옛날 얘기 하나 해 주까?”

“예.”

“옛날에 딸만 일곱을 난 사람이 있었디야. 그런디 한 해에 하나씩 죽어 나중에는 막내까지 죽어 버린 겨.”

아저씨의 이야기는 계속되었다. 자식들을 모두 잃은 아빠는 어느 날 죽은 딸들이 보고 싶어 그네들이 묻힌 묘지로 갔다. 봉분 일곱이 죽은 순서대로 나란히 솟아 있었다. 슬픔에 겨워 눈물을 짓고 있는데 무슨 소리가 들려왔다. 아빠는 눈물을 그치고 들려오는 소리에 귀를 기울였다.

"큰딸이 '아직도 안 죽었어?' 하고 물으니께 둘째딸이 대답하길 '죽기는, 아직도 쌩쌩하게 돌아다닌다니께.' 그러니께 가장 이뻐했던 막내딸이 그러더라는겨. '언니들, 걱정일랑 하지 마라니께. 산딸구 나무에 독을 잔뜩 발라 놨으니께 그거 따 먹으면 꼴까닥 죽게 된다고.'"

은수는 부르르 진저리를 쳤다. 묘지 일곱 개가 있고 그 가장자리에 지금 따 먹은 산딸기가 지천으로 빨갛게 달려 있는데, 그것에 독이 모두 묻어 있다니! 은수는 하나씩 집어먹던 손을 멈추었다.

"그래서요, 아저씨?"

"아빠가 화난겨. 그래서 이렇게 소리쳤지. '이년들이 전생에 나와 원수지간이었는디, 그래서 날 쥑이려고 내게 태어났었구나! 나쁜년들!' 그러고는 딸구 나무를 낫으로 죄다 베어버리고 다시는 딸들의 묘를 찾지 않았다는겨. 이 얘기가 무슨 뜻인 줄 알겠어?”

“조금은요. 죽은 자식은 부모를 괴롭히려고 태어난…….”

말을 하다 말고 은수는 멈췄다. 은선 누나가 생각났다. 그렇다면 은선 누나도 아빠와 엄마를 괴롭히기 위해? 아니야. 절대 아니라고!

“나도 사실은 딸 하나를 잃었지.”

아저씨의 말에 아줌마가 목소리를 높였다.

“그만, 됐슈!”

“이쁘고 참 잘났는데, 우리가 장애인이라는 걸 알자 남자 친구가 떠나는 바람에 약 먹고…….”

“하지 마라고요!”

아줌마는 쥐고 있던 딸기를 홱 뿌리치고 아저씨가 탄 휠체어를 마구 밀고 갔다. 은수는 어찌해야 할지 몰라서 멀뚱히 서서 아저씨와 아줌마를 바라보았다. 이미 해는 넘어가고 어둑어둑해졌다. 어쨌든 따라가야 했다.

아저씨 부부가 넘어간 고개 너머에 이르자 예닐곱 채의 집이 나타났다. 어디에서든 잠은 잘 수 있을 것 같았다.

걸으면서 휠체어 아저씨가 했던 말을 떠올렸다. 은선 누나는 그 딸들과는 달랐다. 적어도 은선 누나는 옛날에는 달랐다. 우리 집 귀염둥이였다. 성격이 밝고 음악과 춤을 좋아해 어디서든 음악만 있으면 춤을 춰 인기를 독차지했다.

뒤뚱뒤뚱 움츠렸다 폈다 하면서 추는 춤새는 어떤 때는 로봇이 춤을 추는 것 같았고, 어떤 때는 마이클 잭슨 춤 동작 같았고, 어떤 때는 오징어가…… 은수는 그 생각은 하기 싫었다.

"학생!"

누나 생각을 하며 땅만 내려다보고 걷던 은수는 고개를 들어 앞을 보았다.

"아까는 미안했구먼. 우리 집에서 오늘 밤 자고 가. 아저씨가 꼭 데려오랬어."

은수는 맘속으로 환호했다. 그러나 겉으로는 신세를 지게 되어 미안한 척했다.

"고맙습니다. 아줌마."

"아까는, 사실은 우리 딸이 서울에서 회사에 다녔는데 작년에 저세상으로 갔어. 그래서……."

"아줌마, 그만하세요. 저도 사실은……."

은수는 아빠와 누나 얘기를 했다. 그리고 가출한 엄마 얘기까지 털어놓았다. 그랬더니 이상하게도 체해서 더부룩하던 속이 소화제를 먹고 편안해진 것같이 가슴이 후련했다. '아하, 이렇게 슬프고 답답한 얘기는 남에게 털어놓으면 시원해지는구나!' 싶었다.

"그렇구면. 그래도 엄마를 찾아봐야지?"

"아빠가 화내세요."

은수는 걸으면서 아까부터 자꾸만 궁금증이 일던 말을 꺼냈다.

"아줌마, 저어기, 우리 집 아빠하고 누나 괜찮을까요?"

아줌마는 피식 웃고는 은수의 손을 잡으며 대꾸했다.

"이가 없으면 입념으로 산다는 말이 있어. 학생이 없으면 없는 대로 또 어떻게든 꾸려나가기 마련인겨. 그러면서 학생에 대한 정을 새삼스러이 애절하게 느끼기도 하고 말이여."

"그럴까요?"

"내 말만 믿어. 걱정하지 말고."

"그랬으면 좋겠어요."

아저씨 아줌마네 집은 동네에서 좀 떨어진 외진 곳, 산 중턱에 있었다.

마당은 흙바닥이었다. 담 밑으로는 꽃밭이 있는데 접시꽃과 달리아꽃이 한창이었다. 아저씨는 앞을 못 보는데 꽃밭이 무슨 소용일까 묻고 싶었지만 그럴 수 없었다. 그런데 아저씨는 벌써 은수의 마음을 읽고 있었다.

"정원에 꽃이 참 좋지?"

"네."

"꽃이 피건 말건 이쁘건 말건 나하고는 상관없다고 생각되었지?"

"……네."

아줌마가 끼어들었다.

"학생은 그것 모를 거여. 마음으로 읽는 꽃이 훨씬 더 이쁘구먼."

마음으로 읽는 거, 마음으로 그려 내는 거…… 뭔가 이해될 것 같았다. 누나가 추는 춤은 남에게 놀림감밖에 되지 않는 춤이었다. 그러나 누나는 남이 어떻게 생각하든 상관없이 춤을 즐겼다. 춤을 출 때면 정말 행복해 보였다. 아니, 마법에 걸린 것 같았다.

그렇다면 아빠는 어떨까? 아빠는 비록 리듬이 불규칙하고 말 달려가는 듯한 기타 소리를 내지만, 기타를 연주할 때만은 얼굴이 벌겋게 상기될 정도로 신이 나서 미소가 그득 담겨 있곤 했다. 그렇다면 아빠도 마음으로 연주를 하고 있는 게 아닐까?

마당에 들어서면서 본 아저씨네 집은 우선 답답하고 약간 불안했다. 집은 게딱지처럼 납작 엎드려 있는 데다 기둥이 반듯하질 않고 구부러져, 은수로서는 그런 곳에 산다는 게 별다르게 보였다. 서울에서는 비록 좁은 아파트에서 살고 있지만 모든 것은 반듯반듯하고 천장은 키가 닿지 않을 만큼은 높았다.

방 안에 들어서자 은수는 더욱 낯설었다. 천장이 낮아 금방 이마로 떨어져 내릴 것 같았다. 하지만 전깃불을 켜자 들어오면서 느꼈던 느낌이 바뀌었다. 참 깨끗하고 정갈했다. 그에 비해 서울에 있는 은수의 집은 얼마나 번잡스럽고 어수선했던가.

벽에는 사진이 걸려 있었다. 해병대 군복을 입은 젊은이 사진이었다. 그러고 보니 아저씨와 닮아 있었다.

"누구예요?"

사진을 가리키면서 은수가 물었다.

"우리 아들이지."

그제야 은수는 아저씨가 앞을 볼 수 없다는 것을 깨달으며 좀 미안했다.

“군인이에요?”

“귀신 잡는 해병대 병장이야. 올 가을이면 제대해.”

“와! 우리 아빠도 해병대 출신이세요.”

그렇게 감탄을 하면서 속으로는 움찔했다. 그동안 아빠를 얼마나 원망하고 싫어했던가.

그사이 아줌마가 밥상을 들여왔다.

“차린 게 없어서 어쩐디야. 시장할 텐디, 시장을 반찬으로 맛있게 먹어 봐.”

“네, 고맙습니다.”

서울 집의 밥상에 비하면 여기 밥상은 임금님 수라상이었다. 나물 종류만도 네 가지였다. 된장찌개도 있었다. 풋고추에 된장, 어느 사이 부쳤는지 계란부침까지 놓여 있었다.

“서울에서는 누가 밥 해 먹었어?”

아줌마가 맛있게 밥을 먹는 은수를 물끄러미 바라보다가 물었다.

“제가요.”

“누나는?”

아줌마는 바로 말을 바꾸었다.

“아 참, 몸이 불편하다고 했지. 엄마 없이 고생 참 많이 했구먼.”

식사를 마치고 나자 아저씨가 윗방으로 올라가더니 낡은 기타를 가지고 왔다.

“옛날에 나도 기타 좀 쳤었어. 하도 오래돼서 소리나 나려나 모르겠네.”

하지만 기타 줄도 녹슬지 않았고, 기타는 기타대로 먼지 하나 낀 데가 없는 것으로 봐 자주 손질을 한 것 같았다.

아저씨는 피리 조율기로 능숙하게 음을 맞추고는 디디디딩, 줄을 튕겼다. 그러고는 귀에 익은 곡을 튕겼다. 옛날 노래, 아, 기억났다. 「목포의 눈물」. 아빠도 그 곡을 친 적이 있었다. 다치기 전이지만.

구닥다리 옛 가요에 대해 관심이 없었는데, 특별한 자리라서 그런지 갈수록 가슴의 울림이 깊어졌다. 특히 ‘목포의 누운 물’ 부분에서 디리디리 딩하는 마이너 음에는 눈물 같은 게 질척하게 묻어 있었다. 아저씨는 그 외에도 곡명은 생각나지 않는 옛날 가요 두 곡을 더 연주했다. 그러고는 히죽이 웃으면서 말했다.

“옛날 뽕작 노래라 별로 흥미없지?”

“아니에요. 전에는 솔직히 관심이 없었지만, 들으니까 울림이 참 좋아요.”

“그럼 학생이 한 번 쳐 보지?”

“아직은 잘 못 쳐요. 기타를 갖게 된 지 얼마 안 되어서요. 제가 치는 곡은 딱 한 곡뿐이에요.”

망설이던 은수는 케이스에서 기타를 꺼내 일단 가슴에 안았다. 그러고는 조율기로 기타줄을 맞추면서 떨리는 가슴을 가라앉혔다.

둥디디디 둥디디디…….

알함브라 궁전의 추억을 연주했다. 가다가 틀리면 그 부분을 다시 하면서 일단 끝을 냈다. 아저씨와 아줌마는 박수로 답했다. 그러고 나서 아저씨는 잠깐 망설이는 듯하더니 입을 떼었다.

“다라라라라라라라라 쭉 이어지던데, 학생은 아직 다다다 다다다, 부드럽지를 못한 것 같아.”

은수는 당연히 그 말이 나올 줄 알았다.

“말 달리는 소리 같지요?”

“그려그려, 말 달리는 소리같이 들려.”

“아직 연습 부족이라서 그래요. 하긴 기타를 제대로 치기 시작한 지 불과 한 달 정도밖에 안 됐는걸요.”

“그려? 그럼 천잰디!”

“천재는 아니고요, 아빠가 늘 기타를 치셔서 보고 들은 게 있는 것 같아요. 초등학교 때는 조금 배워 보기도 했고요.”

그날 밤 아저씨와 은수는 안방을 차지하고 잤다. 아줌마는 동네 친하게 지내는 친구 집에 가서 잔다고 했다. 보통 손님이 오면 시골은 서로 재워 주는 게 인심이라고 했다.

아저씨는 자신에 대해 많은 이야기를 했다. 원래 시각 장애인은 아니었다고, 물론 어렸을 때 소아마비를 앓아 다리를 제대로 쓰지는 못했지만 눈은 정상이었다고 했다.

그런데 여덟 살 때 다른 아이들은 초등학교에 들어갔지만 아저씨는 그러지 못해 외로웠다.

그래서 고향에 있는 냇가 모래사장에서 또래들이 돌아오기를 기다리곤 했는데, 어느 날 아저씨를 늘 업신여기고 골리던 녀석 둘이 지나가다가 아저씨의 얼굴에 모래를 끼얹었다. 눈이 따가워 비볐는데, 모래 속에는 깨진 유리 조각들이 있었고, 그 유리 조각들이 눈을 못 쓰게 만들어 버렸다.

그 말을 듣자 은수는 화가 났다.

“그 자식들을 그냥 두셨어요?”

“왜, 죽이고 싶었지. 그래서 실제로 낫을 들고 죽이려고 그 녀석들 집에 쳐들어간 적도 있었어.”

“그래서요?”

“내가 앞을 볼 수 있었다면 살인자가 됐겠지.”

더 듣지 않아도 뒷이야기를 알 수 있었다.

“아저씨, 더 편한 직업도 있는데 왜 농사는 지으세요?”

아저씨는 어린아이처럼 히히힛, 소리를 내서 웃었다. 그러고는 말했다.

“한때는 나도 서울에서 안마사로 일했었어. 돈도 좀 벌었고. 하지만 사람을 상대하는 게 참 힘들었어. 그래서 선택한 게 바로 농사지. 땅과 식물은 나를 무시하지도 나를 괴롭히지도 않고 그곳에 서서 늘 나를 반겨 주니까.”

아저씨의 말을 들으면서 은수는 시 낭송을 듣는 것 같다는 생각을 했다.

“아저씨, 시 좋아하세요?”

“시 낭송 듣는 건 좋아해도 읽지를 못하니까…….”

“그럼…….”

“아들이 제대하고 오면 점자를 배워서 시도 많이 읽고 쓸 거여. 잘 쓰여지면 시집도 내 보고.”

은수는 아저씨의 손을 덥석 잡았다.

“아저씨, 꼭 이루어지도록 기도할게요.”

“그려, 고마워.”

이튿날, 아줌마와 아저씨는 은수에게 하루 더 있다 가라고 했다. 만약 발에 생긴 물집이 터져 탈이 생기면 걷지 못할 수도 있다고 했다. 그 말에 잠깐 은수는 갈등했다. 하지만 답은 하나였다. 가야 했다. 가되 걸어서 가야 하니 시간이 그리 많은 건 아니었다.

학교 소식이 궁금했다. 아빠와 누나도 걱정됐다. 굶어 죽지는 않았을 테지만 빼빼 말라 있을 수는 있었다. 가스 불을 잘못 사용해 불이 났을 수도 있었다. 누나가 복지관에 가다가 교통사고를 당했을 수도 있다. 또 옛날처럼 나쁜 아저씨에게…… 그래서 지금 떠나야 했다.

북쪽으로 북쪽으로, 등에 해를 지고 걷고 또 걸었다. 도로 표지판을 보고 서울로 가는 방향을 바로잡고는 다시 시골길로 접어들곤 했다.

이따금 정자가 나오면 은수는 그곳에 앉아 양말을 벗고 부르튼 발을 확인했다. 오른발 새끼발가락 옆에 하나, 발바닥에 한 군데, 그리고 왼발 새끼발가락에 하나, 모두 세 군데에 물집이 잡혀 있었다. 그 가운데 오른발 발바닥 물집은 이미

터져 진물이 흐르고, 살갗이 밀려 빨간 알살이 드러나 쓰라
렸다.

　읍 소재지를 지나다가 약국에 들렀다. 약국에는 흰가운을
입은 젊은 여자 약사가 있었다. 반창고와 상처에 바를 약을
달라고 했다.

　약사가 은수를 살피며 말했다.

　"땀을 너무 많이 흘린 것 같은데……."

　"계속 걸었어요. 네 시간쯤 될걸요."

　"서울서 왔어요?"

　"네."

　"그럼, 배낭여행?"

　"네."

　약사는 고개를 끄덕이고는 혼잣말처럼 말했다.

　"걸을 수 있는 것만도 행복한 거야."

　그러고는 약장 쪽으로 돌아서는데, 그제서야 그 약사가 휠
체어에 앉아 있는 것을 알았다.

　밖으로 나오자 갑자기 피곤하고 배도 고팠다. 둘 중 하나
를 선택해야 했다. 먼저 쉬고 밥을 먹느냐, 아니면 밥을 먹고
쉬느냐. 마침 면사무소 옆에 있는 공원이 눈에 띄었다. 공원

으로 들어가 나무 그늘 밑에 있는 벤치에 앉았다. 졸음이 쏟아졌다.

누군가가 툭툭 건드는 바람에 은수는 눈을 떴다. 익숙지 않은 얼굴이 그를 내려다보고 있었다.

"신고가 들어와서……. 어디 아퍼?"

경찰이다! 은수는 속으로 외치면서 그럴수록 시치미 뚝 떼고 침착해야 한다고 생각했다.

"아니요."

"어디 살어?"

"서울이요."

"서울이면, 여긴 웬일이여?"

경찰 아저씨가 충청도 사투리를 써서 친근감이 들었다. 은수는 일어나 앉은 뒤 머리를 뒤로 쓸어 올리면서 무심한 말투로 대꾸했다.

"극기훈련하고 있어요."

"극기훈련?"

"서울까지 걸어가고 있어요."

경찰 아저씨는 피식 웃으며 경찰모를 벗고 손수건으로 이마와 목덜미를 닦았다. 20대 중반쯤으로 보이는 젊은 경찰관이었다.

"아무 문제 없는 거여?"

"예."

"알았다, 수고혀."

경찰관이 돌아섰다. 그제야 은수는 생각이 났다.

"아저씨, 점심은 어디서 먹어야 맛있어요?"

아저씨는 북쪽을 향해 턱짓을 하며 말했다.

"좀 더 걸어가면 몇 군데 음식점이 있어. 말하자면, 이 동네 먹자골목이지."

"고맙습니다."

"그려, 몸조심해라."

순대 국밥은 돼지 냄새가 좀 났지만 양도 많고 맛있었다. 주인 아줌마는 무척 뚱뚱했는데, 순대국을 끓여 내올 때 순대국에 땀이 떨어지는 것을 봐서 입맛이 좀 떨어지긴 했지만, 그런 것쯤은 배고픔이 금세 잊게 했다.

걷다가 시냇물을 만났다. 구불구불 굽이친 시냇물 가장자리는 잔모래 바탕이었다. 은수는 시냇물에 발을 담갔다. 모래와 작은 자갈들이 발바닥에 간지럼을 태웠다. 송사리 떼가 얕은 물속에서 이리저리 헤엄치는 게 신기했다.

은수가 사는 동네 가까운 데에는 중랑천이 있었다. 그곳에서는 엄청나게 큰 물고기를 볼 수 있었다. 대개 잉어라고 했다. 시커멓게 보이는 물고기는 가물치라고 했다. 옛날에는 낚시를 허용했는데 지금은 낚시 금지였다. 아빠는 장애를 입기 전 그곳 강변을 걷고 와서 가끔 이런 말을 했었다.

"그곳에 가면 내가 제일 좋아하는 것 두 가지가 있지. 하나는 물고기, 다른 하나는 갈대숲."

유쾌한 목소리로 그런 말을 하면서 당당하게 들어왔던 아빠였다. 그때의 아빠는 땀투성이였고, 팔뚝이며 장딴지 근육은 수족관에서 그물로 떠내는 뱀장어처럼 살아 움직였다. 그럴때면 엄마는 엄마대로 주방에서 음식을 하다 말고 돌아보며 터무니없이 높고 큰 목소리로 아빠를 맞았다.

"아휴, 저 땀 좀 봐! 물개가 따로 없다니까. 빨리 가서 샤워하고 나와요."

은수는 고개를 저었다. 더 이상 생각하고 싶지 않았다. 좋은 기억을 떠올리면 그 순간은 행복하지만, 곧이어 울분과 슬픔이 뒤따라왔다.

은수는 양말을 벗고 바짓가랑이를 접어 올렸다. 그러고는 냇물로 들어서다 말고 낮게 신음했다. 왼쪽 엄지발가락과 발뒤꿈치에 물집이 더 생겨나 있었고, 그중 뒤꿈치 물집이 터져 알살이 드러나면서 찬물이 스며들자 악 소리가 나도록 따가웠다. 그러나 이를 악물고 참자 곧 통증에 적응이 되었다.

햇볕이 바늘처럼 찔러 댔다. 심어 놓은 모마저 시들시들하게 보였다. 이따금 소 울음소리와 개 짖는 소리, 낮닭 우는 소리도 들려왔다.

반 친구 중에 시골에서 올라온 친구와 북한에서 도망 온 새터민 아이가 있었다. 언젠가 자연을 소재로 시를 써 오는 게 숙제였던 적이 있었는데 대부분의 아이들은 수목원에 놀러 갔던 일, 중랑천에 갔던 일, 아니면 관광지 같은 곳에서 잤던 일, 여행 가서 보았던 경치와 경험들을 소재로 비슷비슷한 시를 썼다.

하지만 시골에서 전학 온 아이와 북한에서 넘어온 새터민 아이의 시는 독특했다. 시골에서 올라온 친구의 시에는 지금 듣고 있는 소 울음소리, 낮닭 우는 소리가 담겨져 있었다. 그리고 북한에서 올라온 아이는 옥수수밭 고랑을 걷던 일, 물고기를 잡던 경험 등을 소재로 썼다.

그 내용을 제대로 이해하지 못했는데, 마침내 그 시 구절들을 은수는 지금 가슴으로 느끼고 있었다. 그런 데다 물고기 튀는 소리, 개구리 우는 소리는 물론 새근새근 애기의 숨소리처럼 냇가 풀숲께에서 땅이 숨을 쉬는 소리도 들렸다.

갑자기 몸에서 쉰내가 확 느껴졌다. 은수는 주위를 둘러보았다. 논이 대부분인 벌판에 농부만 띄엄띄엄 눈에 들어왔다.

은수는 웃옷을 벗었다. 그러고는 손으로 물을 떠서 몸을 닦았다. 시리도록 시원했다. 처음보다 물을 더 많이 끼얹었다. 그러다 보니 아랫도리까지 물이 젖었다. 어차피 이렇게 된 거! 은수는 그대로 냇물에 주저앉았다. 배꼽까지 물이 차올라 진저리 치도록 시원했다.

놀 때는 좋았는데 막상 다시 길을 가자니 난감했다. 어쩔 수 없었다. 은수는 주위를 더 둘러보아 가까운 곳에 사람이 없다는 것을 확인하고는 아랫도리를 벗었다. 벌거벗었다. 벗은 채 배낭으로 가 팬티를 집어 갈아입었다. 그러고는 하나뿐인 바지는 이왕 젖은 김에 혁대를 풀고 바지 주머니에 들어 있던 소지품들을 꺼낸 후 냇물에 빨아 버드나무 가지에 걸쳐 놓았다.

팬티 바람으로 그늘에 앉았다. 졸음이 쏟아졌다. 배낭을 베고 누웠다. 파란 하늘에 구름들이 지나가며 갖가지 그림을 그려 냈다.

　어렸을 적 주택에서 살 때 엄마가 만들어 준 감자탕이며 닭볶음탕 따위를 옥상으로 가지고 올라가 가족 모두 맛있게 먹고 들마루에 누웠었다. 황금빛이 사그라지면서 회색 너울이 덮쳐 오기 시작하면 박쥐들이 날아다녔다. 그 주택은 광릉수목원과 매우 가까워 박쥐가 많았다. 서울 시내 아파트로 이사 오면서 박쥐는 물론 뻐꾸기와 꾀꼬리 소리마저도 듣지 못했다.

　은수는 등과 목이 따가워 잠이 깼다. 잠깐 졸았는데 햇살이 온몸을 익힌 데다 풀잎들이 목과 등을 찔러 괴롭히고 있었다. 후끈후끈한 땅 열기가 몸을 덥혀 놔 냇물에 다시 들어갔다 나왔다.

　아직 축축한 바지를 입고 배낭을 메고 기타를 한쪽 어깨에 걸치고 다시 걷기 시작했다.

　할아버지와 뇌성마비 장애인을 만난 것은 그날 저녁때쯤이었다. 장애인을 스무 살 정도로 보였고 할아버지는 일흔이 넘은 것 같았다. 큰 나무 아래서 할아버지는 영국 민요 「등대지기」를 부르고 있었는데 방송에서 이따금 들을 수 있는 성악가의 목소리와 거의 같았다.

할아버지가 그 노래를 부르고 있고 장애인이 따라 부르고 있었는데, 장애인의 노래는 엉터리이지만, 그런대로 어울림이 있는 것으로 느껴졌다.

은수는 어느새 걸음을 멈추고 그곳에 서서 그들의 노랫소리를 듣고 있었다. 할아버지는 등대지기를 부르고 나서 이번에는 「모닥불」을 불렀다. 은수는 학교에서 배운 바 있는 노래여서 따라 불렀다. 할아버지가 노래를 부르면서 손을 들어 고맙다는 시늉을 해 보였다.

그러고 보니 할아버지는 시골에서 농사를 짓던 분은 아닌 것으로 보였다. 얼굴이 팽팽하고 배도 좀 나오고 허리가 반듯하고, 무엇보다도 살결이 희었다.

도시에서 살던 분이 잠깐 시골 별장에 왔거나 아니면 시골에 살지만 그곳에서 돈도 많고 지위도 높은 그런 할아버지로 보였다.

불그스름한 색깔로 서녘 하늘이 물들기 시작했다. 노래를 마친 할아버지가 장애인을 꼬옥 끌어안았다. 장애인는 할아버지 볼에 어설픈 몸짓으로 뽀뽀를 했다.

할아버지가 은수 쪽으로 얼굴을 돌리며 물었다.

"이 근방에 살아?"

오랜만에 들어 보는 서울 말투였다.

"아니요, 서울요."

"오, 그래? 웬일?"

"서울로 걸어서 올라가는 중이에요."

"걸어서?"

할아버지는 약간 작고 푹 들어간 눈을 더욱 작게 뜨며 은수를 살피고 말을 이었다.

"도보 여행하는 거야?"

"네."

"기타는 잘 치나?"

"아니요. 그냥 누가 줘서 메고 가는 중이에요."

할아버지는 흘긋 서녘 하늘을 보고는 물었다.

"오늘 밤은 어디서 잘 건데?"

"아직 못 정했어요."

"그럼 우리 집에 갈까. 좀 누추하긴 하지만."

은수는 와, 신 난다! 속으로는 그렇게 소리쳤지만 겉으로는 꾹 참고 예의를 갖췄다.

"감사합니다."

할아버지 댁은 산기슭에 자리한 동네를 지나 약간 떨어진,

동네 뒤쪽에 있었다. 외딴집이었다.

기와는 오래 되어선지 충충했다. 집은 나무로 되어 있고 유리창이 유난히 많았다. 대뜸 보아 결코 부자로는 보이지 않았다.

할머니가 집에서 나왔다. 할머니는 할아버지에 비해 더 늙어 보이고 허리도 구부정했다.

"이 학생은 누구요?"

"서울 학생인데 도보 여행을 한다는구먼."

그러자 지금껏 은수를 지켜보고만 있던 장애인이 끼어들어 말했다.

"친구…… 자고 가…… 좋아…… 서울…… 가고 싶어…… 좋아……."

할머니가 끼어들었다.

"우리 손자도 서울서 내려왔다우."

"아, 예."

할머니는 딴채 쪽으로 가는 할아버지를 가리키며 말을 이었다.

"저분은 옛날 장관직에 계셨던 사람이라우. 자식을 잘못 두어 많던 재산 다 까먹고……."

"그만해요!"

할아버지의 목소리가 할머니의 말을 막았다.

저녁밥은 안방에서 먹었다. 호박 나물에 시금치 국, 그리고 실멸치볶음이 참 맛있었다.

장애가 있는 손자는 이름이 재원이라고 했다. 은수는 재원이 형이라고 불렀다. 재원이 형은 수저질이 매우 힘들어 밥을 비벼서 떠먹여야 했다.

밥을 두 번째 받아먹으며 재원이 형이 은수를 흘긋 쳐다보고 수저를 달라고 했다. 그러고는 스스로 먹기 시작했다. 밥이 여기저기 흩어졌지만, 모두 아무렇지 않은 듯이 밥을 먹었다.

할아버지 할머니는 그런 재원이 형에게 격려와 칭찬의 말을 아끼지 않았다.

"와, 잘 먹는데!"

"우리 재원이, 이제 장가가도 되겠다."

그러고는 은수에게 눈길을 돌렸다.

"학생, 반찬이 변변치 못해서 미안해."

할머니의 말에 은수는 막 입으로 수저를 가져가다 말고 손사래를 치며 대답했다.

"아니에요. 엄청 맛있어요. 저는 이렇게 반찬 만들지도 못했는데요. 뭐."

순간 나온 말이라서 은수는 얼굴이 빨개졌다. 할아버지와 할머니는 밥 먹던 손을 멈추고 서로 마주 보았다. 할아버지가 주춤거리며 물었다.

"자네가 반찬을 해 먹어?"

대답까지는 좀 생각해야 했다. 거짓말을 해서 도움이 될 것인가? 이참에 솔직히 털어놓으면 조언이 있을 수 있을 것이다. 은수는 결심했다.

"예."

"엄마는?"

"가출했어요."

"아빠는?"

"장애인이세요."

잠시 침묵이 흘렀다.

할머니가 물었다.

"그럼 학생 혼자뿐이야?"

"누나가 있긴 있어요."

"그런데?"

할아버지가 끼어들었다.

은수는 가슴에 축축하고 묵직한 무언가 울컥하고 올라와 한동안 말을 꺼내지 못했다. 할머니가 컵에 물을 따라 건네주었다. 물을 마시고 나서 은수는 자신의 처지를 털어놓았다. 말 나온 김에 민수 형과 집을 나온 일, 민수 형이 자살한 것을 보고 그대로 궁전 여관을 나와 지금까지 사흘 동안 걸어오면서 겪은 일들도 모두 털어놓았다.

왜일까. 말을 마치자마자 슬픔이 온몸을 휘감았다. 참아보려고 했지만 100미터 달리기에서 총소리가 나자마자 뛰어나가듯 으억, 하는 소리를 시작으로 울음이 터져 나왔다. 은수는 울고 또 울었다. 꺼이꺼이 소리내어 울었다. 할아버지가 등을 다독여 주었다. 그러나 울음이 그치질 않았다. 재원이 형이 은수를 끌어안고 외쳤다.

"우지 마! 우지 마! 우지 마! 우지 마!"

그러고는 볼에 입을 맞춰 댔다.

그날 밤 울음을 그치고 마음을 가다듬은 은수는 그동안 연습했던 알함브라 궁전의 추억을 연주했다. 할아버지, 할머니, 재원이 형까지 박수를 쳐 주었다. 이번에는 할아버지가 은수의 기타를 건네받아 은수도 많이 들어 알고 있는 노래들을 연주했다. 할머니가 따라 불렀고, 은수도 아는 노래는 따라 불렀다.

재원이 형은 그 사이 잠이 들어, 할머니가 윗방 침대로 데려가 재웠다.

할아버지와 할머니, 은수는 셋이서 한참 더 이야기를 나누었다. 할아버지는 장관 직위까지 올라갔음은 물론, 재산도 꽤 있었다. 그런데 아들 둘이 사업을 한다면서 퇴직금까지 모두 다 날리는 바람에 시골로 내려와 살고 있으며, 다른 아들 하나와 딸은 미국에서 사는데 아들은 소식이 끊긴 지 8년이 넘었다는 말이었다.

시골로 내려온 데에는 경제적인 이유도 있었지만, 두 번째 원인으로는 아무도 돌보지 않는 장애인 손자를 할머니 할아버지가 맡기 위해서였다.

"재원이 저 애가 태어나자 아들은 물론 나까지도 쉬쉬했지. 우리 맏이는 차라리 저 애가 죽었으면 좋겠다고 했어. 나는 묵묵히 듣고만 있었단다. 나도 그 말에 동조한다는 거였지."

할아버지는 잠시 말을 멈추고는 손가락 끝으로 눈꼬리를 우볐다. 눈곱을 떼는 체했지만 눈물임이 틀림없었다. 할아버지는 말을 계속했다.

"가문의 수치라며 골방에다 가둬 두고 학교도 제대로 보내지 않았어."

할아버지는 그때를 무척 후회한다며 이렇게 털어 놓았다.

"나는 집안에 장애인이 있다는 사실을 늘 부담스럽게 생각했단다. 그런데 저 녀석을 데려다 기르면서 저 천사를 중심으로 우리가 행복을 찾게 됐다는 것을 깨달았지. 저 애는 우리 집의 중심이야. 저 애를 중심으로 지금 똘똘 뭉쳐지기 시작했거든."

은수는 아빠의 쥐 이야기를 떠올렸다.

산초

은수가 걷기 시작한 지 닷새째, 이제 천안을 지나 평택에 가까워지고 있었다. 비가 왔다. 기타가 젖을까 봐 비가 오면 걷지 않았다. 소나기라서 급한 대로 길가 노인정 앞에 지어진 정자 안으로 들어갔다.

그곳에는 은수보다 먼저 웬 개가 자리를 잡고 앉아 있었다. 꽤 지저분한 녀석이었다. 삐쩍 마른 데다 털이 까칠하게 뭉쳐 있고, 눈은 반 이상 눈곱으로 덮여 있는 듯이 보였다. 원래 은수는 개를 좋아하지 않았다.

은수가 빤히 바라보는데도 개는 눈을 지그시 감고 그대로 있었다. 비가 오느라 날이 궂어선지 개 비린내가 지독했다. 얼핏 보아도 버려진 개든지 아니면 주인을 잃고 방황하는 개임이 분명했다.

은수는 배낭 속에서 과자와 물병을 꺼냈다. 과자 봉지를 뜯느라 바스락거리자 지그시 눈을 감고 있던 녀석이 눈을 떴다. 그러고는 무심하게 은수를 바라보았다.

은수가 과자를 꺼내 하나를 먹고 또 하나를 먹는 동안에도 녀석은 그 모습 그대로 앉아 있었다. 아마 꼬리를 흔들며 은수에게 다가와 구걸을 했다면 은수는 결코 과자를 던져 주지 않았을지도 모른다.

어쨌든 먹이를 보고도 점잖게 지켜보는 모습이 얄밉기도 하고 대견하기도 해서 과자 하나를 꺼내 녀석의 앞에 던져 주었다. 다른 개 같으면 벌떡 일어나 코를 벌룽거린 후 물고 달아나거나 감사의 표시로 은수를 향해 꼬리를 흔들어 보일 테지만, 녀석은 은수만 바라보고 있었다.

"먹어."

은수가 말하자 그제야 몸을 일으키더니 던져 놓은 과자에 코를 가져가 냄새를 맡고 나서 다시 은수를 쳐다봤다.

"먹으라니깐!"

개는 그 말이 떨어지고 나서야 바삭바삭 소리를 내며 과자를 먹기 시작했다.

"아까는 자존심 때문에 그랬니?"

은수는 다시 과자 하나를 던져 주었다. 녀석은 먹던 것을 다 먹고 나서 다시 던져 준 것을 먹기 전에 은수의 눈치를 또 살폈다.

"먹어."

먹으라는 말이 나오고서야 녀석은 과자를 먹기 시작했다.

"허, 제법인데."

은수는 이번에는 과자 봉지에 물을 담아서 녀석 앞에 놓았다. 목이 말랐는지 할짝할짝 소리를 내며 금세 핥아먹었다.

비는 계속 내리고 있었다.

"넌 어디서 왔어? 어디로 가니?"

녀석은 아까처럼 앞발을 꼿꼿이 세운 채 앉아서 은수를 지그시 지켜보았다.

"아참, 그렇구나. 내 이름은 은수, 마은순데, 네 이름은?"

녀석은 여전히 무심한 표정으로 은수의 입을 지그시 반쯤 감은 눈으로 바라보고 있었다.

"이름이 없으면 내가 지어 주지. 가만 있자……."

은수는 잠시 생각했다. 그때 문득 단행본과 만화책으로 재미있게 읽은 『돈키호테』 등장인물 중 산초가 생각났다. 그러고 보니 인연이었다. 아빠가 기타를 연주하고 싶었던 곳이 알함브라 궁전이고, 그 궁전은 그라나다에 있고, 그라나다는 스페인에 있고, 『돈키호테』를 쓴 작가 세르반테스는 스페인 사람이고……..

"좋았어. 넌 지금부터 산초야. 나를 극진히 모시며 따라다니는 하인. 알겠지?"

산초는 여전히 은수를 바라보고만 있었다.

비가 그쳤다.

"가자."

따라오건 말건 상관하지 않겠다고 생각하면서 은수는 배낭을 짊어지고 기타를 걸치고 정자를 나왔다. 아직 비가 오락가락했지만, 그 정도로는 기타 케이스를 뚫고 물이 들어가지 않을 것 같았다.

도로를 따라 한참 걸어가다 뒤를 돌아보던 은수는 멈칫했다. 산초가 따라오다가 은수가 돌아보자 자리에 섰기 때문이었다. 그러고는 궁둥이를 땅에 붙이고 바라보았다. 걷다가 돌아보면 따라와 있고, 걷다가 돌아보면 따라와 있었다.

은수는 아예 걸음을 멈추고 산초에게 말했다.

"그래, 같이 가자. 이리 와."

산초에게 이리 오라고 손짓을 하자, 어럽쇼, 진짜로 산초가 다가왔다.

“잘해 보자.”

은수가 손을 내밀자 산초가 손을 핥았다. 은수는 얼른 바짓단에 손을 닦았다.

둑길로 들어섰다. 은수는 노래를 흥얼거렸다. 누나가 좋아하는 노래, 「텔 미」를 불렀다. 그러면서 노래만 나오면 남들이 오징어 춤이라고 부르는 춤을 추어 대는 누나의 모습을 떠올렸다. 갑자기 콧등이 시큰하며 가슴이 축축해졌다.

“누나……..”

은수는 누나를 낮게 불러 보았다.

누나의 장애는 누구도 원하지 않은 것이었고 누구에게도 책임이 없었다. 누나가 이기고 삭여 내야 한다. 가족은 그런 누나가 안타깝기도 하지만, 때로는 힘이 들어 화도 난다. 장애를 나누어 가질 수 있다면 그렇게 했을 것이다. 하지만 어떻게 할 수 없는 부분이었다.

“그래, 누나! 춤을 춰. 나도 따라 출게.”

은수는 흥얼대면서 춤을 추기 시작했다. 누나처럼 흐느적흐느적, 오징어 춤을 추었다. 두 다리는 꼬이는 대로, 두 팔은 그냥 휘어지고 뻣뻣하게 그렇게 돌기도 하고 흔들리는 대로 춤을 추었다. 그러다가 풀썩 주저앉았다. 어질어질하면서 하늘로부터 담요 같은 것이 내려와 감싸 말아서 끌어올리듯 하늘로 솟구치는 느낌을 받았다.

은수는 중얼거렸다.

"마구마구 춰 누나. 텔 미 텔 미 테테테테 텔 미, 그래. 그렇게 마구 춤을 춰 누나. 괜찮아. 누나만 신 나면 돼. 누나만 좋으면 돼……."

해를 보아 둑길은 동쪽으로 이어진 듯했다. 그렇다면 방향을 틀어 북쪽으로 이어진 도로를 찾아야 했다.

한참을 걷다 보니 50여 가구는 있음직한 큰 동네가 나왔다. 높다란 첨탑에 십자가가 달린 교회가 있고, 집들의 지붕이 색색으로 칠해져 있는 산뜻한 동네였다. 지어진 지 오래되지 않은 집들이 많은 것으로 봐 부유한 동네 같았다.

그 동네에서 은수는 비누와 빵을 샀다. 다시 동네를 나와 북쪽으로 이어진 길을 타고 걷다 보니 농로를 따라 이어진 수로가 나왔다. 수로로 꽤 많은 물이 내려가는 것으로 보아 어디쯤에 큰 저수지가 있을 것 같았다.

은수는 농로 가장자리에 배낭과 기타를 벗어 놓고 산초에게 말을 걸었다.

"자, 이 비누로 널 목욕시켜 줄게. 어때?"

산초는 잠자코 듣고만 있었다.

"이리 와."

은수가 손짓으로 가까이 오라는 시늉을 해 보이자 산초가 주춤주춤 다가왔다. 그러고는 고개를 숙여 은수의 손을 핥으려고 했다.

"안 돼! 더러워!"

산초는 멈칫했다. 은수는 산초의 눈을 살폈다. 아무것도 담겨 있지 않은 누르스름한 눈알이 털 속에 갇혀 있었다. 은수는 산초를 번쩍 들었다. 생각보다 너무 가벼웠다.

수로를 가로질러 차 한 대가 지나갈 정도의 시멘트 다리가 있고 그 다리 밑에는 넓적한 돌 한 개가 놓여 있었다. 은수는 산초를 안아 들고 그 돌 위에 올라섰다. 그러고는 산초를 물속에 넣었다.

산초는 처음에 다리를 버둥대며 반항하는 듯하더니, 이내 은수가 하는 대로 몸을 맡겼다. 은수는 산초의 털을 충분히 적신 후, 돌 위에 올려놓고 비누칠을 했다. 머리에 비누칠을 할 때는 아주 익숙한 몸짓으로 눈을 감고 조용히 몸을 맡겼다. 하는 짓으로 봐 어느 집에선가 매우 길이 잘 들여진 것으로 보였다.

물에 털이 몽땅 젖은 산초를 보니 안타까웠다. 깡마른 몸뚱이는 큰 쥐만했다. 씻기면서 보니 암컷이었다.

둑 위에 올려놓자 그제야 산초는 몸을 마구 흔들어 털에 묻은 물기를 떨어냈다. 그러자 볼품없던 몸이 봐 줄 만했다. 은수는 그제야 마음껏 산초를 안아 보았다. 비록 말 못하는 동물이지만 얼마나 위안이 되는지 그제야 은수는 깨달았다. 누나가 개를 이뻐하며 사고 싶다고 할 때마다 아빠는 물론 은수까지 그런 소리 하지 말라고 닦달하곤 했는데, 이제야 누나가 이해되었다.

은수는 도로 가에 있는 기사 식당에서 저녁을 먹었다. 특별히 산초 몫으로 국밥을 하나 더 시키긴 했는데, 그릇이 문제였다. 종업원으로 있는 아줌마가 주인에게 양해를 구하고는 한쪽이 깨져서 버리려던 그릇을 가져와 산초가 먹을 국밥을 부어 주었다.

식사를 마친 은수는 여관을 찾아서 들어갔다. 그런데 주인 아줌마가 산초를 데리고 방으로 들어갈 수 없다고 했다.

"이건 애완견이 아니잖아."

그 말까진 괜찮았는데, 한마디 덧붙인 말에 은수는 화가 나서 그 여관을 나와 버렸다. 그 아줌마는 이렇게 덧붙였다.

“삐쩍 말라서 올 복날은 그냥 넘기겠구나.”

마침 동네에 빈집이 있어서 그날 밤은 그곳에서 자기로 했다. 먼지가 좀 많았지만, 버려진 스티로폼을 깔고 그 위에 누우니 제법 편안했다. 산초는 알아서 은수 발치에 자리를 잡고 누웠다.

새벽에는 추워서 배낭에서 수건을 꺼내 다리를 덮은 다음 배낭을 배 위에 올려놓았다. 그러고 있는데 산초가 뒤척이는 것 같았다.

“내 옆으로 올래?”

말을 알아듣는 듯 산초가 은수 손 가까이 다가왔다. 은수가 손을 내밀어 산초의 머리를 쓰다듬었다. 산초는 은수의 손을 핥았다. 기분이 좋지는 않았지만 전처럼 더럽게 느껴지지는 않았다.

아침에는 전날 저녁을 먹은 기사 식당에 가서 아침을 먹고 일찍 길을 떠났다. 곁에 누가 있다는 것, 그 누군가가, 설령 동물이라도 위안이 된다는 것을 은수는 깨달았다.

은수는 노래를 불렀다. 산초와 장난도 쳤다. 훈련을 잘 받았는지 웬만한 말은 잘 알아들었다. 앉아, 그러면 탁 주저앉았다. 악수, 하면 앞발을 내밀었다. 가다가 길가에 있는 음료

수 빈 캔을 던지고 주워 와, 하면 달려가 입에 물고 와서 은수 앞에 놓았다.

은수와 만난 지 겨우 이틀밖에 되지 않는데 산초의 겉모습도 그럴싸해졌다. 털에서는 윤기가 나고 눈에 끼었던 눈곱도 없어졌다. 행동도 매우 빨라졌다.

은수는 무엇보다도 이야기할 상대가 있다는 게 얼마나 좋은지 몰랐다. 더구나 그 상대는 말을 들어 주기만 하고 자기 말은 하지 않으니 더욱 좋았다. 신경 거슬릴 말을 들을 리 없으니 얼마나 좋은가.

"너 우리 엄마가 얼마나 노래를 잘하는지 아니? 엄마가 노래하는 거 한 번만 들어 보면 뿅 갈 거다."

"그리고 아빠는…… 원래 그런 사람이 아니었어. 볼래?"

은수는 기타를 길옆에 놓고 풀대를 꺾어 그것을 목검 삼아 금계독립세 자세를 만들어 보이고는 덧붙였다.

"아빠가 주로 취하던 자세야. 그땐 얼마나 멋졌다고. 그때 난 반한 거야."

"너 은선 누나 모르지? 널 보면 누나가 무척 좋아할 거야. 우리 누난 춤을 잘 추지. 이제 시도 쓴대. 앞으로 정말 잘 쓸 것 같아."

은수의 표정이 갑자기 시무룩해졌다.

"민수 형도 틀림없이 널 좋아했을 거야, 정말 좋은 형이었는데……"

그러면서 민수 형의 지갑이 든 바지 뒷주머니를 더듬었다.

"우리가 이렇게 배고프지 않고 걸어갈 수 있는 것도 다 민수 형 덕분이야."

열한 시 반쯤 됐는데, 햇살이 너무 강했다. 은수는 해와 반대 방향, 북쪽으로 난 지방 도로로 접어들었다. 도로는 평일이라서 한산한 편이었다. 산초는 도로를 걷는 훈련도 받았는지 절대로 나대지 않고 은수 뒤꽁무니만 졸졸졸 따라왔다.

그때 오토바이 두 대가 우르릉, 굉음을 내며 은수에게 바짝 붙어 지나갔다. 각각 뒤에 한 사람씩 태우고 다른 차들을 요리조리 피하며 달려가고 있었다. 굉음에 놀랐는지 산초가 은수의 다리 사이로 뛰어드는 바람에 은수는 자빠질 뻔했다.

"조심해!"

그러고서 십 분도 안 지났을 때였다. 길가 정자에서 쉬고 있는데 좀 전에 지나갔던 오토바이 두 대가 되돌아오더니 오토바이를 세워 두고 은수가 있는 정자로 다가왔다. 무언가 수상한 낌새를 느꼈는지 산초가 은수의 다리 사이로 들어와

낑낑거렸다.

세 사람은 은수 한 배 반은 됨직하게 덩치가 컸다. 키도 크고 어깨도 넓었다. 그들은 모두 20대 초반쯤으로 보였다.

"이봐, 동생. 기타 연주 한 곡 부탁해도 될까?"

진녹색 고글을 쓴 청년이 헬멧을 벗으며 말을 건넸다.

은수는 불안을 느껴 주위에 도움을 청할 사람이 없는지 둘러보았다.

마침 들과 야산 사이에 난 길에 승용차 한 대와 트럭 한 대가 세워져 있고 어른들 대여섯 명이 측량대를 세우고, 서로 무슨 말인가를 나누고 있었다. 거리가 멀지만 큰소리로 도움을 청하면 들릴 수도 있을 것 같았다.

다른 청년이 말을 이었다.

"딱 보니, 노래는 별로 잘할 것 같지 않으니 됐고, 사실은 우리가 좀 배가 고프거든. 그래서 형들한테 통닭값 정도 헌금할 수 있나 해서 온 거야."

은수는 이제 모든 정황을 알 수 있었다. 여차하면 소리칠 각오를 하고 당당하게 나가기로 했다. 나도 이런 경험이 있거든! 속으로 외치면서.

"내가 돈 있게 보여?"

그러자 맨 먼저 말을 건 청년이 은수를 가리키며 웃는 목
소리로 말했다.

"어, 이 자식 봐라. 반말이네?"

그러더니 주먹으로 은수의 머리통을 갈겼다. 정신이 아찔
했다. 청년은 은수의 멱살을 잡아 추켜올렸다. 산초가 큰 소
리로 짖었다.

그러자 다른 청년이 산초를 향해 냅다 발길질을 했다. 산
초는 몸을 똥그랗게 말아 움츠리며 끼깅거렸다.

"너 뒤져서 돈 나오면 백 원에 한 대씩이다. 알았어?"

혁재와 어울려 다닐 때 써먹었던 말을 은수가 듣고 있었
다. 멱살을 잡혀 숨통이 막혔으므로 대답도 할 수 없었다. 몸
부림쳤지만 벗어날 수도 없었다.

뒤따라왔던 키가 조금 작고 뚱뚱한 청년이 은수의 바지 뒷
주머니를 뒤졌다. 다른 한 청년은 은수의 배낭을 뒤졌다.

지갑을 꺼낸 뚱보가 펴 보더니 소리쳤다.

"와, 대박인데. 이 자식, 아무래도 수상한 녀석이야. 여기
돈 좀 봐."

그러고는 돈을 세고 나서 덧붙였다.

"십팔만 원이나 가졌어."

멱살을 잡았던 청년이 멱살을 놓으며 물었다.

"너, 저 돈 어디서 났어?"

"내 돈 아니야. 형 꺼야. 민수 형 꺼."

"민수 형? 그 자식 어딨는데?"

"죽었어, 자살했어."

"뭐? 자살?"

그 사이 다른 청년은 기타 케이스를 뒤지고 기타를 꺼내면서 말했다.

"와, 이 기타 수제품인데! "

은수는 그 기타가 수제품이라는 것을 그제야 알았다. 어느 날 저녁 아빠와 엄마가 다투던 일이 생각났다. 아빠가 한 달 봉급의 반을 쪼개 수제품 기타를 사서 엄마가 화가 났었다. 아빠는 큰소리쳤다.

"골프채 한 개도 안 되는 값이야! 음악을 한다는 당신이 그런 말을 할 수가 있는 거야!"

그 말 한 마디로 엄마는 더 이상 말을 잇지 않았다.

"기타도 가져가자. 팔면 돈이 되겠어."

그 말에 은수는 눈앞에 보이는 게 없어졌다.

"소리칠 거야. 사람 살려! 이렇게."

소리를 들었는지 아니면 낌새를 느꼈는지 측량대를 세우던 어른들이 일제히 은수가 있는 쪽을 쳐다봤다. 제일 먼저 말을 걸었던 청년이 바지 주머니에서 잭나이프를 꺼내 펴 보였다. 그러고는 제 목 가르는 시늉을 해 보이며 나직하게 말했다.

"이렇게 되고 싶지 않으면 가만히 있는 게 좋겠지?"

"기타는 가져가지 마."

은수도 한마디 던졌다.

"기타를 안 가져가면 가만히 있겠다고?"

"응."

"좋았어. 대신 기타는 저 오토바이 있는 곳까지만 가져간다. 만약 네가 우리가 오토바이 타기 전에 소리쳤다 하면 그 기타는 산산조각이 나는 거야. 이렇게!"

청년은 기타를 발로 밟는 시늉을 해 보였다.

그들이 떠났다. 그들은 약속을 지켰다. 한 녀석이 기타를 내버리듯 길옆에 내던지자 기타가 수제품이라는 것을 알아본 녀석이 오토바이를 탔다가 잠깐 내려와 기타를 길가에 심겨진 꽃나무 사이에 세워 놓았다. 그러고는 손까지 내둘러 보이고 떠났다. 미안하다는 뜻인지 약속을 지켰다는 뜻인지 알 수 없었다.

겁에 질리기도 했었고 지치기도 한 은수는 그대로 바닥에 누웠다. 멀찍이 달아나서 지켜보던 산초가 다가와 은수의 관자놀이 상처를 핥았다. 처음에는 따갑더니 통증이 없어지면서 산초의 뜨거운 입김이 느껴졌다.

"난 얻어먹으면 되는데, 넌 어떡하니?"

은수가 묻자 산초는 뒤로 물러나 앉아서 눈치만 살폈다.

"하긴, 넌 쓰레기통만 뒤져도 살 수 있겠다."

다행히 바지 앞주머니에 오천 원 한 장과 천 원 석 장이 구겨져 남아 있었다. 거스름으로 받은 돈이었다. 그러고 보니 가방 속에 백 원짜리와 오십 원짜리 동전도 있었다.

말해야 한다

감자밭 귀퉁이에는 비닐 포장이 쳐져 있었고 그 안에 여덟 명의 어른들이 둘러앉아 돼지고기를 구워 막걸리를 곁들여 먹고 있었다. 모두 할아버지 할머니였고, 두 어른만 50대쯤으로 보였다.

이제 평택을 지났으니 과천을 지나 노원구까지 가려면 아직 사흘은 더 걸어야 할 것 같았다. 발이 부르터서 더 많이, 그리고 빨리 걸을 수 없었다. 신발도 문제였다. 신발 밑창이 거의 다 닳아 발바닥이 아스팔트에 닿는 게 느껴졌다. 이미 돈은 다 써 버려서 더 쓸 돈도 없었다.

은수는 돼지고기 굽는 냄새를 맡자 더욱 배가 고파졌다. 아침은 컵라면 하나로 때우고 계속 물로 배를 채웠다.

은수는 용기를 내기로 했다. 어른들이 있는 곳으로 다가갔다. 한 할아버지가 은수가 오는 것을 바라보고 있다가 한마디 했다.

"쟤, 제정신이 아닌 것 같은데?"

그냥 혼잣말처럼 했지만, 원래 목소리가 크고 높아서 뚜렷하게 들렸다. 어른들이 모두 은수를 돌아보았다.

처음에는 제정신이 아니란 말이 선뜻 와 닿지 않았다. 무슨 뜻으로 그런 말을 했을까 생각하다가 문득 발걸음을 멈췄다. 제정신이 아니라는 말은 미쳤다는 말이고, 그렇다면 은수의 지금 겉모습이 미친 사람처럼 보인다는 말이었다. 은수는 처참했다.

그때 은수의 마음속 목소리가 말했다. 그럴수록 부딪치는 거야. 무슨 상관이야? 네 목적만 달성하면 되는 거 아냐? 부딪쳐! 부딪치라고!

"저어기, 배가 고파서 그러는데요."

은수는 당당하려고 큰 목소리로 말했다.

말이 떨어지기가 무섭게 할머니가 말했다.

"어이구, 학생인가 본데, 무전여행 중이여?"

"예."

다른 할머니가 거들었다.

"얼마나 배가 고플까. 어서 와. 쯧쯧쯧."

"고맙습니다."

"개도 뭣 좀 먹어야겠네. 삐쩍 말랐어."

어른들은 자리를 비켜 은수가 앉게 하고 수저와 젓가락을 건네주었다. 산초에게는 찐 감자 세 개를 주었다. 배고플 텐데도 주인에 대한 충성심 때문인지 선뜻 받아먹지 않았다.

"먹어."

은수의 말이 떨어지고 나서야 산초는 감자에 입을 댔다. 금세 감자 세 개를 먹어 치운 산초는 감자 두 개를 더 얻어먹는 행운을 누렸다.

모처럼 먹는 돼지고기였다. 은수는 갑자기 그날이 떠올랐다. 아빠가 사내 체육 대회 오프닝으로 검술과 베기 시범을 보여 줬던 날이었다. 금계독립세 품새를 멋지게 보여 주고, 진검으로 폼나게 대나무를 베는 시범을 보였던 그날 저녁, 은수네 가족은 삼겹살 파티를 열었다.

술이 얼근해진 아빠는 그럴 때마다 하는 얘기를 또 했다. 해병일 때 동기들과 휴가를 나와 넓적한 돌을 주워다 그 위에 돼지고기를 놓고 불을 지펴 구워 먹었는데, 그것이 대한민국 최초의 삼겹살 돌구이였다고. 은수는 엄마가 그 이야기를 천 번은 더 들었을 거라고 말해서 머쓱해 하던 아빠의 모습이 눈에 선했다.

"역시 젊으니까 잘 먹네."

"얼마나 배고팠으면…… 쯧쯧쯧."

"아직 고등학생 아니지?"

"네."

"공부는 어쩌고 이렇게 돌아다녀? 방학도 아닌데."

은수는 먹던 것을 잠깐 멈추고 생각했다. 막상 왜 이러고 다니는지에 대해 확실하게 대꾸할 말이 없었다.

"가출한 거여?"

목소리가 높고 컸던 할아버지가 물었다.

가출이라는 말이 맘에 걸렸다. 은수는 적어도 자신의 행동을 가출이라는 틀 속에 가두고 싶지 않았다.

"아뇨, 세상에 대해 좀 더 알려고요."

어른들이 잠시 웃는 목소리로 말을 주고받았다. 세상이라는 게 다 그렇고 그렇다느니, 죽을 때나 세상이 뭔지 제대로 알게 될 거라는 둥.

한 할아버지가 또 물었다.

"그래서, 세상이 뭔지 좀 알아냈어?"

은수는 자신도 모르게 이런 대답이 툭 튀어나갔다.

"참지 말고 말해야 한다는 걸 알았어요."

잠시 숙연했다.

"와!"

한 할아버지가 소리쳤다.

"그려그려. 요새 세상은 옛날하고 달라서 서로 말하지 않으면 그 사람 맘을 알 수가 없어."

"그만큼 바쁘니께."

"짧은 세상 어울려서 오순도순 살려면 맘이 통해야 하고, 맘이 통하려면 말이 통해야 하고, 말이 통하려면 내 속을 털어놓는 게 먼저인 겨."

뒤이어 그제껏 아무 말 않고 밥만 먹고 있던 50대 아저씨가 말했다.

"옛날에는 그걸 화통하다고 했고 요새 사람들은 소통이라고 하지요."

소통! 은수는 몇 번 듣기는 했지만 그냥 건성으로 스쳐 들었던 그 두 음절이 이렇게 절실하고도 확실하게 와 닿을 줄 진정 몰랐다.

은수네 집은 그동안 소통이 없었다. 힘들면 힘들다고 말하고 도와 달라고 해야 했다. 싫으면 싫다고 말하고 조심해 달라고 부탁해야 했다. 잘못했으면 잘못했다고 사과하고 잘했으면 칭찬해 달라고 말해야 했다. 상대방이 하는 짓을 이해할 수가 없으면 왜 그러느냐 물어보았어야 했다. 그런데 그런 적이 없었다. 죄다 생략하고 힘들어 하며 살아왔다. 말하고 나니 큰 깨달음이 왔다.

할아버지 할머니들은 남는 거라며 감자 다섯 개와 참외 한 개, 그리고 오이 세 개를 챙겨 주었다.

"고맙습니다, 잘 먹겠습니다."

은수는 진심으로 고마워서 꾸벅꾸벅 인사를 했다. 그러다가 끝내 눈물을 보이고 말았다.

"쯧쯧."

혀를 차며 애처롭게 바라보는 할머니 할아버지의 눈빛이 자꾸만 등에 걸려 몇 번이나 돌아보았다.

말해야 했다! 배고프면 배고프니까 먹을 것을 나누어 달라고 말하면 되는 거였다. 그래서 은수는 말했다. 배고프다고 말했다. 그랬더니 기꺼이 도와주었다.

돈은 빼앗더라도 기타는 제발 부수지 말아 달라고 했더니 부수지 않았다. 그렇다면, 민수 형도 말해야 했다. 엄마가 냉랭하게 대했더라도 또다시 가서 사랑한다고 말하고, 친절하게 대해 달라고 말해야 했다. 아무리 스님이 됐다고 하더라도 내게는 엄마니까 아들로 대해 달라고, 말하고 또 말하고 또 말해야 했다. 그런데 그러지 않고 대신 목에 줄을 걸었다.

은수네 집도 말할 때는 화목하고 행복했다. 그런데 어느 날부터 말이 없어지면서, 엄마는 가출했고 아빠는 되지도 않는 트레몰로 주법의 알함브라 궁전의 추억을 연주한다고 디디딕 디디딕 말 달리는 소리만 내고 있지 않는가.

은선 누나도 옛날에는 항상 반달눈이었다. 눈으로 웃고 눈으로 웃으며 말했다. 웃음이 떠나지를 않았다. 그러나 어느 날 말이 없어지면서 이어폰을 꽂고 음악을 들었고, 혼자서 오징어 춤을 출 뿐 가족들과 눈 마주치는 것조차 거북스러워했다.

은수는 길을 걸으며 만나는 사람들에게 말하고 말하고 또 말했다. 배가 고프면 보이는 집에 가서 배고프다고 말했다. 먹을 것 좀 달라고 했다. 그랬더니 줬다.

말해야 했다…… 말해야 했다!

은수는 해가 기울고 짧은 여름밤이 시작될 즈음에는 아무 동네나 찾아가 이장을 찾아 인사하고, 사정 얘기를 하고 재워 달라고 말했다. 그랬더니 남은 방이나 노인정에서 자게

해 주었다. 그런 곳이 정 없으면 도시로 이사 가고 주인이 없는 빈집으로 안내하기도 했다.

산초도 배곯지 않게 먹였다. 길을 가다 보이는 음식점에 들어가 사정 얘기를 하고 손님들이 먹다 남은 음식을 좀 나누어 달라고 비닐봉지를 펼치면, 세 집 중 한 집은 꼭 음식을 챙겨 주었다. 어떤 집은 이런 말도 덧붙였다.

"학생은 배 안 고파?"

이렇게 말하며 걷고 또 걸어서, 은수는 마침내 서울에 발을 디뎠다. 말해서 얻어먹고 말해서 잠자리를 얻고, 말을 나누며 오다 보니 평택에서부터 서울까지 닷새가 걸리고 말았다.

서울에 들어선 은수는 자전거 도로를 따라 걸었다. 할아버지 할머니 자전거족 등 누구든지 만나면 말했다. 공주서부터 걸어왔는데, 참 멋진 여행이었다는 말을 먼저 건넸다. 그다음에 배가 고픈데 혹시 남은 음식 있느냐고 깍듯이, 예의 바르게 말했다. 그러면 어떤 이는 초콜릿이나 과자를 나눠 주고 어떤 이는 가까운 데 있는 가게에 가서 컵라면에 뜨거운 물을 담아 갖다 주기도 했다. 어떤 이는 자기가 먹으려고 싸가지고 온 김밥이나 도시락을 통째 주기도 했다.

마침내 은수는 아파트 단지 앞까지 왔다.

아파트 단지로 들어가는데 정문 경비 아저씨가 불렀다.

"이봐, 젊은이!"

은수가 돌아보자 경비 아저씨는 고개를 갸우뚱했다.

"이 아파트에 살아?"

"908호요."

"그렇담 아빠가?"

"마 광자, 열자요. 휠체어 타시고."

"아, 가출한 학생?"

대답하기 싫었다. 그냥 오랫동안 길들여진 대로, 계단을 올라 엘리베이터 버튼을 눌렀다. 마침내 엘리베이터 문이 열렸다. 산초가 머뭇거리며 엘리베이터 문 밖에 서 있었다.

"들어와."

산초가 바라보고만 있었다.

"들어오라니까!"

은수가 큰소리를 내자, 그제야 주뼛주뼛 꼬리를 뒷다리 사이에 끼고 엘리베이터 안으로 들어왔다. 그런데 막 문이 닫히려는 찰나, 그 좁은 틈으로 재빨리 산초가 빠져나갔다. 엘리베이터 열림 단추를 눌렀으나 이미 엘리베이터 문이 닫히고 위로 올라가고 있었다.

오기 싫다는데, 자유롭고 싶다는데, 그렇다면 놔줘야지. 그런 생각 끝에 인사말을 남겼다.

"그래, 그동안 고마웠다. 잘 가."

은수는 엘리베이터에서 내려 오른쪽으로 돌아 열다섯 발짝을 걸어 '908'이라는 숫자를 확인하고 초인종을 눌렀다. 그러고는 정신을 잃었다.

안방에서 같이 자자

은수는 현관문이 열리면서 나타난 낯익은 얼굴과 그 뒤 어둠 속에 그려진, 또 한 명의 낯익은 얼굴을 확인하자, 다리에서 힘이 쭈욱 빠지고 눈앞이 가물가물했다. 참 피곤하다는 생각을 하며 그대로 누웠다. 그냥 누웠을 뿐이었다.

은수가 눈을 떴을 때 아빠의 커다란 얼굴이 정면으로 보였다. 그 뒤로 반쪽만 보이는 은선 누나의 얼굴이 겹쳐져 있었다.

"아빠……."

"그래, 은수야. 어디 갔다 이제 온 거야?"

"누나……."

"아, 아팠어? 아파?"

"아니, 졸려."

눈을 감았다. 몸뚱이가 이번에는 깊은 샘 같은 곳으로 계속 떨어져 내려가는 듯했다.

　은수가 잠에서 완전히 깨어난 것은 이튿날 점심때였다. 이번에도 제일 먼저 아빠가 보였다. 바로 은수 옆에서 얼굴을 들여다보고 있었다. 은선 누나는 물수건을 은수의 머리에 얹어 놓고 아빠와 나란히 내려다보고 있었다.

　"고생 많았지?"

　아빠가 말을 건넸다.

　"선생님 왔었어."

　은선 누나가 말했다.

　"산초는?"

　"산초?"

　은수는 주위를 둘러보았다. 창고를 개조한 자신의 방에 있을 줄 알았는데 안방이었다.

　"산에서 나는 향료, 그거?"

　아빠가 재차 물었다.

　"아뇨. 개요. 떠돌이 개요. 여기까지 같이 왔는데……."

　"없었어, 없어, 없어!"

　은선 누나가 불편한 팔을 흔들어 대며 힘주어 말했다.

　그제야 기억났다. 아아, 엘리베이터에서 뛰쳐나갔지. 자유를 빼앗긴다는 게 싫었던 거야.

은수는 몸을 일으켜 화장실로 갔다. 거울을 보자마자 흠칫 놀랐다. 긴 머리에 구리빛으로 탄 얼굴, 헝크러진 머리, 한마디로 말해서 노숙자 아니면 거리를 떠도는 부랑아와 다를 바 없었다.

그런 모습으로 다녔는데도 사람들이 밥을 주고 재워 줬다는 게 신기했다. 자신 같으면 이런 아이가 와서 먹을 것을 달라거나 재워 달라면 당장 피하거나 가라고, 주먹을 휘둘렀을 거였다.

어쨌든 참 좋았다.

변기에 앉았다. 그제야 아빠와 누나의 모습이 떠올랐다. 집을 나가기 전까지만 해도 누나는 아빠를 피했고, 아빠는 누나를 만나는 족족 핀잔을 놓았다. 좀 치우고 다녀라, 씻고 다녀라, 머리 좀 빗어라, 왜 쓸데없이 웃냐, 한 번은 이런 말도 했다.

"으이그, 밥 먹고 똥만 만드는 인간!"

그제는 달랐다. 아빠, 저녁 뭘로 드실래요? 은수 왔는데 돼지고기 구워 먹자. 네, 좋아요 아빠. 내 잠바 주머니에 돈 있다. 그거 살 돈 있어요.

은수는 참 좋았다.

그런데 한 가지 가장 절실한 뭔가가 떠올라 은수는 다리 사이에 머리를 묻고 한동안 울었다.

은수는 마음을 가라앉히고 일단 씻기로 했다. 샤워를 하면서 문득 깨달았다. 우리 집에 샤워기가 있구나! 이 시원한 물로 더러운 몸을 깨끗하게 닦을 수 있다는 게 얼마나 고맙고 행복한가!

그러고 보니 행복할 수 있는 것이 넘치게 많았다. 아빠가 있고 누나가 있다. 좁은 임대 아파트이지만 먹고 잘 수 있는 집이 있다. 빠듯하긴 해도 국가에서 최저 생활비는 받고 있고, 무엇보다도 공주에서 서울까지 걸어올 수 있을 만큼 건강하다.

"그래! 다시 시작하는 거야!"

은수는 두 주먹을 불끈 쥐고 외쳤다.

밀어도 밀어도 자꾸만 때가 나왔다. 불려서 모두 밀려면 몇 시간은 걸릴 것 같았다. 시간이 많이 있으니까 굳이 지금 모두 닦아 내야 할 이유가 없었다.

웃음을 함빡 머금고 밖으로 나오던 은수는 멈칫했다. 휠체어에 앉아 있는 아빠의 얼굴이 일그러져 있었다. 식탁 귀퉁이 옆에 어정쩡하게 서 있는 누나는 굳은 얼굴로 은수와 아빠를 번갈아 보았다.

"너, 저 기타 어디서 난 거야?"

아빠가 두껍고 딱딱한 목소리로 물었다.

은수는 그동안 민수 형과 함께 다니며 겪었던 일을 차근차근 풀어 놓았다.

잠자코 듣고 있던 아빠가 은수의 말맥을 끊었다.

"거짓말은 아니겠지?"

은수는 말없이 식탁 옆에 세워 놓은 기타 케이스에서 기타를 꺼냈다. 그러고는 식탁 의자에 앉아 기타 줄을 조율한 후, 알함브라 궁전의 추억을 연주했다. 원래 완벽하게 연습을 마치지 않은 데다 긴장도 하고, 또 자세도 제대로 갖추지 못해서 연주는 엉망이었다.

연주가 끝났다.

묵묵히 듣고 있던 아빠가 말했다.

"우리 아들, 대단하구나!"

"네?"

"그건 그렇고…… 민수 형 부모님이 어디 사는지 알 수 있니?"

"학교에 가면 알 수 있을 거예요."

"학교? 그러잖아도 담임 선생님한테 몇 번이나 전화가 왔어."

"그래서요?"

"곧 등교 할 거라 그랬지. 몸이 많이 안 좋아서 휴양 중이라고."

"네."

"퇴학 아니냐?"

"그냥 꿀밤 몇 대 맞고 앞으로 열심히 잘 다니겠다고 하면 되겠죠."

후유, 아빠는 한숨을 쉬었다. 이어 굳었던 얼굴이 풀어지며 웃음이 번졌다.

집에 온 지 사흘이 지나서야 은수는 겨우 집을 나서기 전의 은수로 되돌아올 수 있었다. 은수는 그 사흘 동안 아빠가 사고가 나고 엄마가 가출한 이후 가장 편안하고 행복한 시간을 보냈다.

그랬다. 행복!

그동안 은수가 생각했던 행복은 돈이 많아 넓은 집에 좋은 차, 때마다 맛있는 음식, 가고 싶은 학원을 마음대로 갈 수 있는 그런 것이었다.

그러나 지금은 바뀌었다. 행복은 그런 게 아니었다. 아빠와 누나가 관심을 가져 주고, 누군가 배고플 때를 알아채고 밥을 차려 주는 것, 무슨 반찬이든 맛있게 먹을 수 있고, 푹 잘 수 있는 곳이 있다는 것, 그것이 바로 행복이라는 것을 알게 되었다.

집에 온 지 나흘째 되는 날, 은수는 머리를 짧게 깎았다. 그러고는 집으로 돌아오는 중에 문득 깍두기 아저씨가 생각나서 구둣방으로 갔다.

"아저씨, 저 왔어요."

무릎 위에 구두를 올려놓고 뒷굽을 다듬던 아저씨는 손을 멈추고 은수를 잠깐 쳐다봤다. 그러더니 눈길을 구두로 보내고 하던 일을 계속했다.

"아저씨, 저 왔어요."

아저씨는 여전히 구두 수선만 하고 있었다.

"아저씨, 저 갈게요."

그리고 돌아서는데, 아저씨의 굵고 돌덩이같이 무거운 목소리가 은수의 다리를 땅에 붙들어 맸다.

"잠깐!"

아저씨 쪽으로 고개를 돌리자마자 은수는 짝 하고 뺨을 맞았다. 정신이 아찔했다.

"나쁜 자식!"

아저씨가 나직하게 말했다.

아저씨는 잠시 노려본 뒤, 바지 주머니에서 흰색 바탕에 엷은 체크무늬가 있는 손수건을 꺼내 은수의 코를 닦아 주었다. 손수건에 붉은 꽃잎처럼 피가 묻어났다. 손수건을 구겨 손에 쥐고 아저씨가 말을 이었다.

"느이 아빠가 얼마나 슬퍼했는지 아냐?"

"알아요."

"전화라도 했어야지!"

"네."

"손찌검해서 미안하다."

순간 은수는 아저씨의 품에 안겼다.

"아저씨, 미안해요. 정말 미안해요!"

은수는 촉촉히 젖은 눈으로 아저씨의 얼굴을 바라봤다. 아저씨의 눈가도 젖어 있었다.

"아무튼 이렇게 건강한 모습으로 집에 돌아와 줘서 정말 고맙다."

“네.”

“덕분에 느이 아빠가 우리한테 마음을 열어 더욱 좋고.”

그러고는 은수의 등을 두드리며 덧붙였다.

“이따 저녁 여덟 시쯤에 너희 집으로 가마. 미리 말씀드려.”

“네.”

마치 현관문 밖에서 시계를 보며 기다리다가 여덟 시 땡하자 초인종을 누른 것처럼 정확하게 여덟 시 정각에 깍두기 아저씨가 왔다. 아저씨 손에 통닭이 들려 있었다.

“뭘 이런 걸 사 들고…….”

아빠가 고개를 주억거리며 말했다.

통닭을 풀어 놓고 아빠와 깍두기 아저씨는 맥주도 마시며 푸짐한 얘기 보따리를 풀었다. 말끝에 깍두기 아저씨가 은수를 향해 물었다.

“너, 기타 치는 솜씨가 대단하다며?”

“아니에요.”

“한 곡 부탁한다. 박수!”

아저씨가 박수를 치자 아빠와 누나도 뒤따랐다.

은수가 머뭇거리고 있자 누나가 불편한 몸으로 은수 방에 가서 기타를 가져왔다.

어쩔 수 없이 은수는 기타를 안았다. 누나가 재빨리 아빠가 쓰던 발판을 가져다 은수 왼발 앞에 놓았다.

은수가 기타를 연주했다.

스페인 그라나다 알함브라 궁전 앞에서 연주하겠다는 아빠의 꿈을 담아 정성을 다하여 연주했다. 중간중간 튀기도 하고 음이 틀려 다시 반복하기도 했지만 연주를 계속했다. 아빠와 아저씨 그리고 누나는 모두 숨을 죽이고 긴장하며 점점 곡조에 빠져들었다.

"와, 대단한걸!"

연주를 마치자 아저씨가 손뼉을 치며 말했다.

"마 상병 꿈은 은수가 이루어 주겠는걸."

"그럴 거야."

"그럼 마 상병은?"

"포기하고 듣기만 해야지."

"그러면 평생 한이 될 텐데……."

"글쎄, 하지만 손가락이 회복 안 되는데 어쩔 수 없잖아?"

"꼭 기타를 연주하라는 법은 없잖아?"

"별다른 도리가 없잖아?"

없잖아? 하고 묻는 말에서 아빠 목소리가 끝내 갈라지고 말았다. 은수는 분명히 보았다. 아빠의 슬픈 얼굴을.

그러자 아저씨가 바지 주머니를 뒤지더니 조그마한 하모니카를 꺼냈다.

"다장조 하모니카인데, 마 상병은 이걸 연주하면 어떨까?"

"하모니카?"

"싫어?"

순간 정적이 흘렀다. 아빠의 얼굴에 모두의 시선이 달라붙었다. 마침내 아빠가 고개를 외로 꼬며 단호한 목소리로 말했다.

"싫어! 죽어도 싫어!"

"그럴 줄 알았어."

어저씨는 자리에서 일어서며 덧붙였다.

"어차피 마 상병을 위해 갖고 온 거니까. 가져."

하모니카를 식탁 위에 놓고 나서 깍두기 아저씨는 현관문 밖으로 나섰다. 은수가 뒤따라갔다.

엘리베이터 앞에서 버튼을 눌러 놓고 기다리며 아저씨가 은수에게 물었다.

"내가 생각을 잘못한 건 아니지?"

"네."

"나 간다."

아저씨를 배웅하고 돌아왔다. 아빠는 식탁에 두 팔을 얹고 그 위에 얼굴을 묻고 있었다. 은수가 누나에게 눈짓으로 아빠 우느냐 뜻을 담아 물었다. 누나는 그 뜻을 하모니카는 어떻게 했느냐로 알아듣고 싱크대 옆에 있는 쓰레기통을 가리켰다.

은수가 다가갔다. 쓰레기가 든 통 속에 깍두기 아저씨가 준 하모니카가 있었다. 식탁 의자에서 정확하게 던져 넣은 것으로 보였다. 은수가 하모니카를 꺼내 싱크대에 물을 틀고 닦았다.

"버려!"

돌아보니 아빠가 고개를 들고 있었다. 얼굴이 벌겋게 달아올라 있었다. 알코올 기운도 있었지만, 화가 난 것 같았다. 하모니카를 받아들인다는 건 기타를 포기한다는 뜻이니까.

"버려!"

아빠가 다시 소리쳤다.

"싫어요!"

은수가 대들었다.

"아빠를 비참하게 만들 거냐?"

"그럼 아빠는 친구의 성의를 무시해도 되는 건가요?"

아빠가 입을 다물고 물끄러미 은수의 얼굴을 바라보았다.

"주무세요."

은수는 안방에서 휠체어를 가져왔다.

"도로 갖다 놔. 나 혼자 갈 수 있어."

아빠는 식탁 의자에서 몸을 던져 바닥에 앉았다. 그러고는 손과 엉덩이를 움직여 안방으로 뭉기적뭉기적 옮겨갔다. 그러고 나서 침대를 잡고 올라가 앉았다.

"아빠!"

은수는 아빠를 끌어안았다.

"그래, 그간 미안했다. 난 땅바닥 기는 게 죽는 것보다 못한 짓으로 여겼어. 그런데, 그 되지도 않는 자존심을 버리니까 참 편하다."

"아빠, 얼른 돈 벌어서 전동 휠체어 사 드릴게요."

"고맙다."

그러고는 은수가 깜짝 놀랄 말을 아빠가 꺼냈다.

"나랑 안방에서 같이 자자."

“네?”

“방해 안 될게.”

“아빠!”

이튿날 새벽 은수는 거실에서 하모니카 소리를 듣고 깨어났다. 아빠는 반음은 무시한 채, 하모니카의 음역을 넘은 고음은 건너뛰며 조옮김도 제대로 되지 않은 음으로 알함브라 궁전의 추억을 연주하고 있었다.

‘아빠!’

은수는 침대에 얼굴을 묻고 한참을 울었다. 침대에서 아빠의 냄새가 났다.

정리 정돈

반 친구들이 은수 주위에 몰려들었다.

"조폭 후계자로 가 있었다며?"

"사람도 죽였다며?"

별의별 소문이 다 돈 모양이었다. 은수는 일절 대꾸하지 않고 묵묵히 책상을 지키고 앉아 있었다. 회장이 교무실에서 담임 선생님이 부른다는 말을 전해 올 때까지 그렇게 잠자코 앉아 있었다.

"다시 만나서 반갑다."

담임 선생님의 부드러운 목소리에 눈을 들어 선생님 얼굴을 보려는 순간 꽁 하고 꿀밤이 머리로 날아왔다.

"한 달 넘게 뭐하고 다녔니?"

"여행 다녔어요."

"혼자?"

은수는 어떻게 대답할까 잠깐 궁리했다.

"네."

"정말, 혼자서?"

"네."

선생님은 후유, 하고 긴 숨을 토해 냈다.

"교장 선생님 뵙고, 반성문 써야 하는 거 알지?"

"네."

"1학기 기말고사가 일주일 밖에 안 남았으니까 죽어라고 공부하고!"

"네."

은수는 그렇게 학교생활로 돌아왔다.

혁재도 만났다. 혁재는 만나서 반갑다는 말만 하고는 슬금슬금 은수를 피했다.

"민수 형, 어떻게 됐는지 알아?"

은수가 말을 꺼내자 혁재는 알고 있다는 뜻으로 고개만 끄덕였다. 그러고는 황급히 몸을 돌리며 말했다.

"나중에 얘기하자."

사실 은수도 자세히 이야기하고 싶지 않았다. 민수 형 이야기를 꺼내기도 싫었고, 또 은수와의 관계가 자세히 알려지는 것도 싫었다. 그러나 은수가 원하는 대로 되지 않았다.

이튿날, 담임 선생님이 은수를 상담실로 불렀다.

상담실에 들어서던 은수는 흠칫하고 놀랐다. 늙은 민수 형이 그곳에 서 있었다. 민수 형하고 키도 같고 얼굴도 똑같았다. 은수가 아는 민수 형과 다른 점이 있다면 앞에 있는 늙은 민수 형은 살집이 좋고 머리가 하얗게 세어 있었다.

"학생인가?"

민수 형의 아버지가 물었다.

"네."

담임 선생님이 민수 형의 아빠와 은수를 테이블에 마주 앉도록 했다. 그러고는 민수 형의 아빠에게 민수 형이 죽기 전까지 있었던 일을 얘기하도록 했다.

머뭇거리는 은수의 머릿속에 번쩍, 생각이 떠올랐다. 말하자. 말해야 통한다. 걷는 내내 생각했던 그 말을 실천할 때가 바로 그때였다.

은수는 모두 털어놓았다. 숨김없이 솔직하게 모두 털어놓았다.

이야기가 끝났다. 민수 형의 아빠는 안경을 벗고 두 손으로 얼굴을 가린 채 한참을 그렇게 있었다. 손을 치우자 젖은 얼굴이 거기에 있었다.

"너도 충격이 컸겠구나."

대답할 말이 없어 전전긍긍하고 있는데 담임 선생님이 대신 답해 주었다.

"그러니까 공주에서부터 서울까지 걸어왔겠지요."

민수 형의 아빠가 손을 내밀었다.

은수는 민수 형 아빠의 손을 잡았다.

"어려운 일 있으면 연락해라. 내 아들과 마지막까지 같이 있었으니, 특별한 인연이잖니?"

앞서 나가려고 몸을 돌린 민수 형 아빠에게 은수가 벼르던 말을 꺼냈다.

"민수 형 엄마는 아시나요?"

"아직껏 모르고 있더라."

복도를 지나 현관까지 따라나선 은수가 꺼림칙했던 마음을 마저 털어 내며 말했다.

"민수 형 기타 제가 갖고 있어요."

"알고 있어."

"어떻게요?"

"카드 사용 내역을 봤다."

"드릴까요?"

"그건 민수가 너한테 준 거잖니?"

"그리고, 민수 형이 준 지갑에 돈도 있었어요. 이십만 원 쫌 넘게."

"그것도 네게 준 거고."

"죄송해서……."

"공부 열심히 해라."

민수 형의 아빠는 계단을 내려가 촘촘히 걸어 운동장에 세워 놓은 차에 올라탔다. 은수는 비로소 옆에 서 있는 담임 선생님을 돌아보며 덧붙였다.

"그 돈은 나쁜 형들한테 다 빼앗겼어요."

담임 선생님은 은수의 등을 교실 쪽으로 밀었다. 거짓말이라는 거 다 알아, 하는 표정이었지만, 은수는 더 설명하고 싶지 않았다.

"은수야."

아빠가 부르는 소리에 은수는 방에서 공부를 하다 말고 안방으로 갔다.

"왜요, 아빠."

“공부 잘되냐?”

“영어하고 수학은 그냥 바닥으로 가야 할 것 같아요.”

은수는 한마디 덧붙이고 싶은 말을 꾹 참았다. 학원도 안 다니고 그러니까 별 수 없잖아요? 하지만 아빠의 마음을 아프게 하고 싶지 않았다.

아빠가 은수의 얼굴을 쳐다봤다. 그 표정에는 오랫동안 볼 수 없었던 근엄함이 우러나 있었다. 은수는 주눅이 들어 아빠로부터 시선을 떨어뜨렸다.

“영어책하고 수학책 가져와 봐.”

“네.”

은수는 방문을 나오며 고개를 갸우뚱했다.

‘공부를 안 한 지 수십 년이 될 텐데 가르치겠다는 건 아니겠지.’

아빠는 수학책부터 펼쳤다. 그러고는 어디서부터 어디까지가 시험 범위인지 물었다. 은수가 책장 귀퉁이를 접어 건넸다. 아빠는 내용을 쓰윽 훑어보고 말했다.

“이리 와서 내 옆에 앉아라.”

은수는 아빠 옆에 앉았다.

“수학도 일종의 암기 과목이야. 교과서만 달달달 외워도

최하 70점은 나오지. 모든 공부는 교과서 중심으로 해야 하
는 거야."

아빠는 공식 개념과 원리 설명을 한 후 문제를 푸는 방법
을 가르쳐 주었다. 은수는 아빠가 이과 계통의 대학을 나와
제조업 회사에 다닌 줄은 알고 있었지만 세월이 한참 지난
지금까지 수학 문제 푸는 방법을 기억하고 있다는 것이 신기
했다.

일단 한 단원이 끝났다. 은수는 반은 이해가 갔고 반은 이
해할 수 없지만 반이라도 이해했다는 것 자체가 신이 났다.

"어떻게 잊어버리지 않고 다 기억하세요?"

"혼자 했기 때문이지. 공부는 혼자 하는 거야. 들어서 아
는 것은 하루고 복습하면 한 달이지만 제가 알아서 끙끙대며
공부하면 평생 간단다. 영어책도 좀 보자."

시험 범위를 알려 주자 아빠는 영어 본문을 소리 내어 읽
기 시작했다.

"아빠, 발음이…… 좀……?"

"내 발음은 영국식 발음이야."

아빠가 흐흐흐흐 웃었는데, 은수는 그 웃는 소리가 꼭 아
이 같다고 생각했다.

발음은 좀 그랬지만 문법 하나는 끝내주었다.

시험 끝난 다음 주 월요일, 담임 선생님이 은수를 불렀다.

"너 따로 학원 같은 데 다니니?"

"아뇨."

"학교도 한 달 넘게 빠지고 환경도 열악하다는 거 잘 아는데, 이번 성적이 상위급인데?"

"네에?"

은수는 속으로 쾌재를 불렀다. 배우지 않은 곳에서 시험문제가 많이 출제되어 좋은 성적은 기대하지 않았다. 다만 어쩔 수 없이 아빠의 성화에 못 이겨 공부를 했을 뿐이었다. 그래선지 시험지를 딱 받자마자 감이 좋긴 했다. 특히 점수가 바닥을 맴돌던 영어와 수학 문제의 답이 눈에 쏘옥 들어오는 것이 놀라웠다.

"어떻게 공부했니?"

잠시 생각한 후 은수가 말했다.

"여반법요."

"여반법?"

"여러 번 반복하는 방법요."

"그래? 가르친 선생님은?"

"아빠요."

"아빠? 편찮으신?"

"예."

선생님은 은수의 등을 툭툭 치고는 말했다.

"더 열심히 해. 축하하고."

"고맙습니다."

은수는 수업이 끝나자마자 급한 걸음으로 집을 향했다. 은수가 어렸을 때 엄마는 '날아갈 것 같다' 라는 표현을 자주 쓰곤 했다.

아주 어렸을 때는 엄마가 날아갈까 봐 엄마의 겨드랑이와 치마를 유심히 살폈고, 어지간히 커서 소견이 들었을 때는 그런 엉터리 말을 또 써먹는다고 속으로 웃곤 했었다. 그런데 지금 바로 그 말이 실감 났다. 은수는 이대로 펄쩍 뛰면 날아갈 것 같았다.

현관문 안에 들어서자마자 은수가 소리쳤다.

"아빠, 여반법 성공요!"

"응, 그래?"

아빠는 식탁에서 감자를 까고 있었다.

“성적이 상위권이래요.”

“난 이미 알고 있었어. 축하한다.”

그날 아빠는 손수 닭볶음탕을 만들었다. 은선 누나가 잔심부름을 했다. 온 가족이 식탁에 빙 둘러앉아 맛있는 저녁 식사를 했다.

식사 후, 맛있는 이야기도 나누었다. 은수는 기타로 알함브라 궁전의 추억도 연주했다.

“말 달리는 소리는 벗어난 것 같다.”

아빠가 한마디로 함축한 평이었다.

은수가 아빠도 하모니카를 불고, 은선 누나는 춤을 추라고 제안했다. 은선 누나는 그러자며 좋아했는데, 아빠가 반대하고 나섰다.

“반음 처리가 잘 안 돼.”

“반음 처리 되는 하모니카가 있다던데요? 사 드릴까요?”

“그럴 필요는 없고, 기술적으로 처리하는 방법은 있어. 정확한 음은 아니지만.”

“어떻게요?”

“혀로 반쯤 막고 조작하는데, 고난도 기술이 필요해.”

아빠는 하모니카를 들었다. 그러고는 알함브라 궁전의 추

억을 연주하다가 반음 부분에 가서 혀를 이용했는데 소리가
잘 나지 않았다. 고음으로 음을 낼 수 없는 부분은 한 옥타브
내려서 연주했는데 영 매끄럽지가 않았다.

"아빠, 힘내세요."

"그래, 너도. 그리고 은선이도."

"네."

"네."

행복한 소라네 집

깍두기 아저씨가 구내 하계 가족 장기 자랑 소식을 가지고 왔을 때 아빠는 크게 반대했다. 은수는 생각해 봐야 한다고 했다. 그런데 은선 누나는 달랐다.

"난 춤추고 싶어. 난 나갈 테야. 나 혼자라도 나갈 거야."

아빠와 은수는 난감했다.

은수는 아직 트레몰로 주법이 완벽하지 않았다. 아빠 또한 하모니카 반음을 기술적으로 해결하는 능력이 모자랐다. 하지만 힘을 다해 열심히 연습을 하면 극복할 수도 있는 걸림돌이었다.

문제는 은선 누나의 오징어 춤이었다. 은선 누나는 자신을 춤으로 표현하며 느끼는 황홀함이 있을 테지만 구경꾼들에게는 웃음거리가 될 수 있었다. 지금까지 그런 일을 수없이 겪어 왔다. 그러나 은선 누나에게 그 말을 톡 까놓고 말할 수는 없었다.

냉랭하게 이틀을 보냈다. 사흘째 되는 날, 아빠의 단 한마디 말이 모든 문제를 해결했다.

"나가든 안 나가든 연습이나 열심히 하자!"

은수네 가족은 틈만 나면 연습을 했다.

어느 순간, 은수의 연주는 말발굽 소리를 뛰어넘어 부드럽게 음이 이어지게 되었다. 그동안은 베이스에 신경 쓰랴 멜로디에 신경 쓰랴, 코드 잡는 데에만 집착했었다. 그 과정을 거치자 어느 순간 베이스는 스스로 왼손 엄지손가락이 알아서 자리를 잡아 갔다. 이제는 멜로디에만 귀를 기울이면 되었다.

아빠도 반음을 거의 완벽하게 낼 수 있게 되었다. 또 하모니카 음역을 넘는 고음도 재빨리 한 옥타브 내려 연주해내는 것은 물론 바이브레이션까지 근사하게 해냈다.

은선 누나가 문제였다. 연습을 하면 할수록 자신은 그게 뛰어나고 남과 다른 기교라고 생각하는 듯하지만 은수가 보기에는 서커스 단원의 묘기 같기도 하고 코미디언 쇼 같기도 했다.

구내 하계 가족 장기 자랑의 예비 심사가 주민센터 3층에서 있었다. 어떤 가족은 가야금이며 대금 같은 국악기를 가져왔고 바이올린이며 첼로, 색소폰, 아코디언, 플루트 연주를 신청한 가족도 있었다.

사람들은 휠체어를 타고 온 아빠와 클래식 기타를 든 은수, 그리고 장애를 가진 은선 누나까지 한 팀으로 오자 상당히 호기심을 가지고 지켜보았다.

마침내 예심이 시작되었다. 얼굴이 검고 배가 임산부보다 더 튀어나온 동장의 인사가 끝나자 곧바로 예심으로 들어갔다. 은수네 앞 팀은 국악 연주 가족이었다. 부부는 물론 딸과 아들까지 한복을 입고 있었다. 아빠가 북, 엄마와 딸이 가야금, 그리고 아들이 대금을 연주했다. 힘찬 박수가 쏟아졌다.

이어 은수네 가족 차례였다. 아빠 휠체어 옆에 은수가 의자에 앉고 은선 누나는 앞에 섰다. 컴퓨터 반주를 맡은, 코가 서양의 마귀할멈처럼 유난히 날카롭고 다리가 활처럼 휜 40대 여자가 은수 기타 앞에 마이크를 조절해 놓고 나서 작은 소리로 물었다.

"조율했어요?"

"네."

연습한 대로 하나 둘 세엣 네엣, 숨을 고른 후, 은수는 타레가 작곡 알함브라 궁전의 추억을 연주하기 시작했다. 실내가 어수선했다. 자꾸만 집중이 되지 않았다.

'침착하자. 아빠가 말한 대로 평상심을 잃지 말자.'

은수는 속으로 연신 되뇌이며 연주해 나갔다. 두 군데에서 틀렸다. 하나는 베이스에서, 그리고 한 군데는 멜로디에서. 그러나 나머지는 실수가 없었다. 어수선하던 실내가 차차 조용해졌다. 아빠의 하모니카 연주도 잘 따라 주었다. 반음 처리도 잘 되었고 한 옥타브 내리고 올리는 데도 무난했다. 누나가 왼편 무대에서 춤추고 있었는데, 눈만 들면 보일 테지만 그 모습을 볼 여유가 없었다. 아니, 아예 안 보기로 작정했었다.

디리리리릭 구웅.

마침내 연주를 마쳤다. 힘찬 박수 소리가 실내를 꽉 채웠다. 그야말로 우레와 같은 박수 소리였다.

"감사합니다! 감사합니다!"

아빠가 외치며 고개를 숙였다.

"감사합니다!"

은수도 인사했다.

"감사합니다!"

뒤따라 은선 누나도 허리 굽혀 인사를 했다. 그러다 지쳐서 다리에 힘이 빠졌는지 풀썩 주저앉았다. 도우미들이 재빨리 달려와 누나를 일으켜 세웠다.

예선을 통과한 은수네 가족은 일주일 후 구청 옆에 있는 야외무대에서 본선을 치렀고, 인기상을 탔다.

"은수네가 그랑프리를 타야 하는데, 이번 심사는 순 엉터리였어. 짜고 치는 고스톱이었다고!"

깍두기 아저씨가 열을 냈지만, 막상 은수네 가족은 상을 탔다는 사실만으로도 하늘이 뒤집어진 것같이 혼란스러웠다. 특히 은수는 양심의 가책까지 받았다. 연주를 하다가 세 소절이나 틀렸다. 그래서 탈락이라고 생각했다. 그런데 인기상이라니! 그것만으로도 감지덕지였다.

그런데 은수가 깍두기 아저씨의 말이 맞을지도 모른다는 욕심을 갖게 된 사건이 일어났다. 구민 소식을 전하는 케이블 방송에서 구민 장기 자랑을 뉴스로 내보냈는데, 배경에 비친 장면은 전부 은수네 공연 모습이었다.

특히 아나운서 멘트 가운데 '행복한 소라네 집'이라는 팀으로 나온 장애인 가족의 출연이 특별했다'는 말이 나온 것으로 봐서 가장 인기가 있었다는 말이 틀리지 않았다고 여겨져 혼자 맘껏 행복해 했다.

한편으로는 슬픔으로 가슴이 저리기도 했다. 어찌 생각하면 '행복한 소라네 집'이라고 팀 이름을 지었던 것이 후회되기도 했다.

팀명을 그렇게 짓자고 할 때 아빠는 마구 반대했다. 처음에는 화까지 냈다. 왜냐하면 소라는 엄마의 이름이었기 때문이다.

행복한 소라네 집으로 팀명을 짓자고 먼저 제안한 것은 은선 누나였다. 은수도 처음 들었을 때는 어색했지만 생각할수록 괜찮았다. 어쨌든 이 팀명으로 나가 혹시 텔레비전에 비치기라도 한다면 엄마가 볼 수도 있고, 아니면 엄마를 아는 사람의 연락이 올 수도 있다는 계산이었다.

아빠는 팀명을 그렇게 짓는다면 출연하지 않을 테니까 너희들끼리 나가라고까지 했다. 그 말에 누나가 대들었다.

"아빠하고 엄마는 남남이지만 은수하고 나한테는 엄마예요! 엄마! 엄마라구요!"

그러고는 방바닥에 엎드려 어깨를 들썩이며 큰 소리로 울어 댔다. 그 울음은 밤 열두 시가 넘고 한 시가 넘어 새벽 두 시까지 이어졌다.

은수는 새벽에 주방 쪽에서 두런거리는 소리가 들려 밖으로 나왔다. 아빠가 은선 누나를 끌어안고 울먹이며 말하고 있었다.

"그래그래, 엄마지. 너희들에게는 엄마지. 미안하다. 미안하다. 너희들에게는 엄마야. 맞아, 엄마야!"

케이블 방송에서 행복한 소라네 집 공연이 소개되고 닷새 후였다. 그날은 깍두기 아저씨에게도 특별한 날이었다. 아파트 현관문이 잠겼는데 열쇠를 아내가 가지고 있어 집에 못 들어가고 있다는 남자의 전화를 받고 갔다.

아저씨가 남자에게 신분증을 보여 달라고 하자 신분증은 아파트 안에 있다며 대신 명함을 주었다. 깍두기 아저씨로서는 전혀 안면이 없는 사람이었다. 아저씨는 문을 열면서 언제 열쇠를 바꿨느냐 물었다. 그랬더니 그 남자는 2년 됐다고 했다. 그러자 하던 일을 멈추고 아저씨가 그 남자에게 이렇게 말했단다.

"이봐, 도둑! 여긴 임대 아파트라서 가져갈 게 별로 없어. 그러니까 좋게 말할 때 빨리 꺼져!"

그랬더니 사람을 뭘로 보고 그런 소리를 하느냐 되레 화를 내더란다. 그래서 아저씨가 또 말했단다.

"이 열쇠는 아파트 처음 지었을 때 열쇠 그대로거든. 그런데 미안하게도 여기 임대 아파트는 지은 지 15년이 넘었어."

그러자 남자는 재빨리 계단으로 도망쳤단다. 그러고서 경비실로 가 주인과 통화를 했는데, 그 주인이 고맙다며 양주한 병을 선물했다. 아저씨는 선물 받은 양주와 통닭 두 마리를 사 들고 저녁 여덟 시경에 은수네 집에 왔다.

"은수, 너는 술을 끊었다니까 아빠하고만 한잔하겠다. 너는 통닭이나 뜯어. 알았지?"

깍두기 아저씨의 농담을 은수가 받아쳤다.

"안 그래도 제 주량이 이 양주 한 병 가지고는 모자라니까 오늘은 안 마실래요."

"녀석!"

그사이 은선 누나가 컵과 얼음을 꺼내 왔다.

"와! 양주는 얼음을 넣어 마신다는 걸 어떻게 알았어?"

"테, 텔레비전에서 봤어요."

"시집가면 남편한테 엄청 대우받겠는걸!"

웃자고 한 소린데 은선 누나는 대번 뾰로통하면서 말했다.

"저, 시집 안 가요. 못 가요! 아파서 책임 못 져요 !"

잠깐 분위기가 착 가라앉았다.

깍두기 아저씨가 깍두기 아저씨답게 큰소리로 말했다.

"자, 이 닭 살아서 날아가기 전에 먹어 치우자."

은수도 거들었다.

"지금쯤 알 낳았을걸요."

아빠와 깍두기 아저씨는 통닭을 안주로 술잔을 비워 댔다. 은수와 은선 누나는 통닭 한 마리를 따로 가져가서 누나 방에서 먹었다.

떠들썩하긴 했지만, 유쾌한 목소리만 오가던 주방 쪽에서 갑자기 다투는 목소리가 들려왔다.

"마 상병, 그건 네 입장만 생각하는 거지, 아이들은 아니잖아!"

"어쨌든 우리는 지금 행복하게 잘 지내고 있는데, 싫다고 나간 사람을 왜 만납니까?"

"참 말귀도 되게 못 알아듣네. 그럼 아이들의 의견을 들어 보자고."

"들어 보나 마나야, 형."

"형? 맞먹냐!"

"어쨌든 그렇다니까요!"

그러자 갑자기 깍두기 아저씨가 불렀다.

“은선아!”

누나는 미처 대답을 하지 못했다.

그러자 깍두기 아저씨가 소리쳤다.

“은선아, 은수야, 둘 다 이리 나와 봐!”

“왜요?”

은수가 먼저 나갔다. 은선도 뒤따라 나왔다.

깍두기 아저씨가 붉어진 얼굴로 두 사람을 찬찬히 뜯어보고는 말했다.

“엄마 있는 곳을 알아냈다.”

“네?”

은수가 눈을 크게 뜨며 받았다.

“너희들 엄마가 있는 곳을 찾았다고.”

갑작스런 말에 무슨 말을 해야 할지 주춤하자 깍두기 아저씨가 말을 이었다.

“너희가 케이블 방송에 나온 것을 엄마 친구가 봤는데, 그 엄마 친구가 나랑 잘 아는 사이거든.”

“왜 그럼 우리 집으로 직접 알려 주지 않고…….”

은수가 말끝을 흐렸다.

“너희들 엄마 친구는 나와 아빠가 친한 걸 알고 있거든.

참, 같은 학교겠구나. 혹시 혁재라는 아이, 아니?”

“혁재? 차혁재요?”

“그래.”

“우리 반인데…….”

“바로 그 애 엄마야.”

“아!”

“어쨌든, 만나고 싶니?”

“당연히 보고 싶지요!”

은수가 외치자 은선이 뒤따라 말했다.

“죽도록 보고 싶어요!”

“봤나?”

깍두기 아저씨가 아빠를 향해 쏘아붙이듯 말했다.

아빠는 치미는 감정을 누르느라 잠깐 시간 차를 두고 나서 깍두기 아저씨의 말을 받았다.

“불구인 나와 너희들까지 버리고 떠난 여자야!”

“그렇게 된 건 아빠 잘못이잖아요!”

해서는 안 될 말이 순간 은수의 입에서 튀어나갔다. 뒤따라 은선 누나도 대들었다.

“아빠가, 아빠가 그랬잖아요!”

그러고는 흐느끼기 시작했다.

울음소리가 잦아들 때까지 아무도 말하지 않았다. 아빠는 눈을 감고 잠자코 있었고, 깍두기 아저씨는 딸그락딸그락 얼음이 유리잔에 부딪는 소리를 내며 술을 홀짝였다. 은수는 누나를 부축하고 아빠와 깍두기 아저씨를 번갈아 바라보고만 있었다.

마침내 아빠가 감았던 눈을 떴다. 그러고는 앞에 놓인 술잔을 비우고 남은 얼음 하나를 입에 넣고 빠드득 깨뜨려 먹었다. 그러고는 양주를 따라 한 모금 마시고 말했다.

"어디에 있는데요?"

"무주."

아빠는 어떤 말 대신 술잔을 입으로 가져갔다.

아빠가 술잔을 입술에서 떼자 깍두기 아저씨가 술잔을 들어 아빠의 잔에 뗑 부딪치고는 입으로 가져갔다. 그러고는 술잔을 내려놓으며 말했다.

"노래를 하고 계시대. 그쪽 야간 업소에서는 꽤 알려졌다더군."

은수가 그때껏 꾹꾹 눌러 참고 있던 말을 꺼냈다.

"혁재 엄마가 어떻게 알아요?"

"그곳에 놀러갔다가 만났대. 작년 겨울에."

7월 18일 월요일, 은수네 학교 여름 방학이 시작되었다. 방학이 시작되고 일주일간은 정말 바빴다. 식사 시간과 자는 시간 빼고 나머지는 알함브라 궁전의 추억을 연주하는 데에 몰입했다. 왼손가락 끝에 굳은살이 너무 두껍게 박여 칼로 깎아 내고 오른손 손톱이 닳아 빠질 때까지 연주하고 또 연주했다.

8월 1일, 행복한 소라네 집 팀은 깍두기 아저씨가 빌린 승합차를 타고 서울을 떠났다.

은수네 가족이 도착한 곳은 무주 관광단지 초입에 있는 상가였다. 늘어선 건물의 1층은 대부분 음식점이었다. 그 가운데 한 카페로 들어갔다. 주인은 건장한 50대 남자였는데, 덩치가 큰 만큼 힘도 좋아 아빠를 번쩍 안고 층계를 성큼성큼 올라갔다.

카페 한 구석에는 음향 시설이 갖춰져 있고 나머지 천장이며 통유리창 등에는 다양한 붓글씨로 쓴 여러 사람들의 시가 실내에 꽉 차게 붙어 있었다. 그곳에서 저녁 아홉 시 반, 행복한 소라네 집 팀이 특별출연을 하기로 되어 있었다.

오후 일곱 시가 되자 카페 안은 사람들로 거의 꽉 찼다. 어떤 사람은 차를 마시고 어떤 사람은 술을 마셨다. 이윽고 시낭송이 시작되었다. 대부분 시디 배경음악과 함께 시 낭송을 했는데, 어떤 사람은 기타나 바이올린을 직접 연주하기도 했다.

그러는 동안 은수네 가족은 창고로 사용하고 있는 곳에서 기다렸다. 창문이 있어 카페 바깥과 안을 두루 내다볼 수 있었다.

여덟 시 반에 시 낭송회가 끝났다. 일부 사람들은 카페를 나갔다. 잠깐 휴식이 있었고, 아홉 시가 되자 식탁과 의자를 가장자리로 옮겨 가운데를 비웠다. 그러고는 불이 꺼지면서 천장 가운데에 있는 조명등이 돌아가기 시작했다. 어느 사이 전자오르간과 기타가 어우러지며 옛 팝송과 가요가 생음악으로 흘러나왔다. 손님들이 가운데로 나와 춤을 추었다.

깍두기 아저씨가 말했다.

"순발력 하나는 끝내주는구먼. 어떻게 시 낭송 카페가 순간 카바레로 바뀌나?"

그러나 아무도 뒷말을 받는 사람은 없었다.

그렇게 아홉 시 반이 되자 마침내 홀 안에 불이 켜졌다.

“여러분, 즐거우셨습니까? 다음 2부는 열 시부터 시작되겠습니다. 그사이 휴식도 취하시고 타는 목도 축여 주시고 모처럼 만난 연인들은 정담과 함께 간단한 뽀뽀까지 허용하겠습니다.”

그런저런 뻔한 소리에 이어 말했다.

“그럼 이런 막간을 이용해 멀리 서울서 오신 특별 손님을 여러분 앞에 모실까 합니다. 오늘 특별 출연하실 분들은 한 가족인데, 세 분 중 두 분은 장애가 있습니다. 그런데도 음악으로 똘똘 뭉쳐 행복한 가정을 꾸려 나가는 그 삶의 모습이 너무 감동적이어서 텔레비전에도 출연하셨고, 그리하여 서울에서는 유명인이 된 가족 악단입니다.”

사회자는 큰 소리로 외치듯 말했다.

“행복한 소라네 집, 모시겠습니다!”

깍두기 아저씨가 미는 휠체어를 타고 아빠가 먼저 나갔다. 뒤따라 은선 누나가 나갔고, 마지막으로 기타를 든 은수가 나갔다.

은수는 가능하면 홀 안에 있는 손님을 보지 않으려고 노력하며 의자에 앉아 왼쪽 발밑에 받침을 놓고 왼쪽 허벅지 위에 기타를 얹었다. 아빠는 아빠대로 시선을 객석 쪽으로 돌리지 않으려는 듯 고개를 무대 쪽으로 돌리고 하모니카를 입으로 가져갔다. 유일하게 앞에 선 은선 누나만 객석을 두리번거렸다. 두리번거리기만 할 뿐 특별한 반응은 없었다.

그렇다면, 약속이 취소된 것일까? 아니면 오지 않는다고 버티어 그냥 끝나 버린 것일까? 은수는 궁금해서 견딜 수가 없어 시선을 객석 쪽으로 던졌다. 두근거리는 가슴을 가라앉히며 둘러보고 또 한 번 둘러보았지만 엄마와 비슷하게 생긴 여자도 없었다.

“아…….”

은수는 낮게 신음소리를 냈다. 괜히 왔다! 괜히 왔다! 거푸 외쳤다. 당장 되돌아가고 싶었다. 그러나 박수까지 받았는데 그냥 끝낼 수는 없었다.

“자, 시작하자!”

아빠가 나직하게 말했다.

“네.”

“은선아, 파이팅.”

아빠가 격려했다.

은선 누나가 돌아보고는 씨익 웃었다. 긴장해선지 등나무처럼 기우뚱 기울어진 채 배배 꼬인 모습이었다.

디리리리 디리리리…….

알함브라 궁전의 추억, 트레몰로 연주가 시작되었다. 값비싼 음향기기라 그런지, 아니면 세팅을 잘해 놓은 덕분인지 연주음이 아주 좋게 들렸다. 웅성이던 소리가 잦아들더니 조용했다. 은수가 연주하는 기타의 애절함과 하모니카의 흐느낌, 그리고 은선 누나의 간절한 춤이 어우러져 그 안에 있는 관객들은 모두 같이 가슴으로 함께 우는 듯 싶었다. 어떤 이는 소리 내어 울었다.

연주 후반쯤에 출입문이 열렸다. 깍두기 아저씨가 들어오고, 이어 검정 드레스를 입고 머리를 틀어올린 한 여인이 뒤따라 들어왔다. 들어서던 여인은 걸음을 멈추더니 눈을 동그랗게 뜨고, 이어 손에 쥔 손수건으로 입을 막았다.

"이건 아니야! 이건 아니라고!"

여인이 외치는 소리에 연주에 열중하던 은수의 눈길이 기타에서 소리가 나는 쪽으로 끌려갔다.

"엄마!"

은수가 연주를 멈추고 소리쳤다.

"엄마!"

뒤늦게 은선 누나가 추던 춤을 멈추며 외치고는 그 자리에 풀썩 고꾸라졌다. 객석 손님들이 웅성거렸다.

깍두기 아저씨가 무대로 다가가 사회자가 든 마이크를 건네받고는 말했다.

"여러분, 죄송합니다. 실은 여기 있는 행복한 소라네 집 연주단에서 빠진 엄마가 바로 저기, 출입문 앞에 서서 울고 있는 분입니다. 소라는 바로 저분의 이름이고요. 송소라! 이산가족이 여기서 극적으로 만난 거지요. 이해해 주시는 거지요, 여러분?"

객석은 조용했다.

"헤어졌다가 이 자리에서 다시 만나게 된 이 가정의 행복을 위해 우리 다 같이 건배합시다."

손님들이 다시 웅성였다.

"그 대신 오늘 술값은 제가 부담하겠습니다!"

"와!"

"건배!"

"행복하세요!"

"소라네 집 만세!"

"우리도 제안할 게 있소."

손님 중 한 사람이 큰 소리로 외쳤다.

“뭔데요?”

“하다 만 연주, 마저 끝내 주시오.”

연주가 다시 시작되었다. 아까와 달리 기쁨을 토해 내는 알함브라 궁전의 추억 트레몰로 연주가 시작되고 이어 헐떡이도록 신바람이 깃든 하모니카 연주 소리, 그리고 은선 누나의 오징어 춤이 아닌, 한겨울 하늘로 날아오르는 가오리연 춤이 어우러졌다.

그라나다에서

호텔에 돌아온 은수는 아빠와 엄마, 은선 누나에게 먼저 객실로 올라가라고 하고 컴퓨터실에 들렀다. 동전을 넣고 컴퓨터를 부팅시킨 후 자판을 두드리던 은수는 자신의 머리를 쿡 쥐어박으며 중얼거렸다.

"이 바보야! 여긴 스페인이야, 스페인! 스페인 그라나다라고!"

그러고는 지배인을 찾아갔다.

"Excuse me. I am come from Korea."

"I know you are. Nice meet you. May I help you?"

"I need a Korean letter computer. Um, I want to sent my E-mail to my teacher in Seoul Korea."

"OK. Please, stay your room."

그 뒤 호텔 측에서 수소문하여 한글용 노트북을 한국 대사

관으로부터 공수해, 은수의 손에 오기까지 이틀이 걸렸다.

은수는 그날도 연주를 마치고 호텔로 돌아와 도착한 노트북을 열고 편지를 썼다.

선생님.

이번에도 한 20일 동안 결석을 해야 할 것 같아요. 이쪽에서 한 달 동안 알함브라 궁전 앞에서 하루에 두 번씩 공연을 해 달라고 하는데, 한 달은 너무 길다고 했어요. 그래서 15일로 타협을 보았어요.

유투브를 통해 우리 가족이 공연하는 장면을 보셨다는 전화를 받고 정말 기뻤어요. 전화를 통해 축하해 주신 교장 선생님께도 감사하다고 말씀드려 주세요.

엄마는 지금 「알함브라 궁전의 추억」에 우리나라 가사를 붙여 노래를 연습 중이세요. 알함브라 궁전 관리소 측에서 어떻게 나올지 모르지만, 엄마는 우리 연주에 노래까지 곁들이고 싶어 하세요.

어제는 우리나라 세 군데 텔레비전 방송국에서 취재를 하고 싶다는 전화가 왔어요. 그런데 다 거절했어요. 왜 그랬냐고요? 장애인의 날 특집으로 낸다는 말에 화가 나서요. 저는 말했어

요. 장애인을 빼라고요. 그냥 어느 행복한 가정 이야기라고 하
면 응하겠다고요. 행복을 만들어 낸 가정도 괜찮다고 했어요.
그랬더니 뭐라고 대꾸한 줄 아세요? 그런 타이틀을 달면 시청률
이 별로 안 나온대요. 그러고는 아빠나 엄마를 바꿔 달라고 하
고선 자기들은 시청률로 먹고살기 때문에 어쩔 수가 없다며 은
선 누나의 춤에 대해서 많은 사람들이 호기심을 갖고 있는데 특
별 출연이 가능하냐고 묻더래요. 그래서 아빠가 이렇게 대답해
줬대요.

"나쁜 놈들."

초등학교 때 「텔레비전에 내가 나왔으면」이라는 노래를 무
척 좋아했거든요. 그런데 지금은 싫어요. 지금 알함브라 궁전
관리소와 그라나다에서 관광 홍보용으로 우리 가족의 공연을
지원하고 있는데. 처음에는 이곳 텔레비전에도 나오고 돈도 벌
수 있어서 참 좋았어요. 그러나 그게 얼마나 잘못된 생각이었는
지 깨닫게 되었어요. 하지만 계약을 했으니까 어쩔 수 없이 15
일은 공연을 해야 하잖아요.

여기에서 관광 온 한국인들을 많이 만났어요. 그들은 우리 가
족 얘기를 잘 알고 있었어요. 인터넷에서 본 사람도 있고 어느
텔레비전 방송에서 잠깐 방송된 것을 본 사람들도 있었어요. 그

들은 우리가 한국에 가면 인기인이 되어 있을 거라며 축하한다고 했어요. 하지만 전 한국에 가서는 더 이상 공연하지 않을 거예요. 그냥 우리 집에서만 할 거예요. 열세 평 아파트 문 꽉 걸어 잠그고 우리끼리 행복한 마음으로 연주를 할 거예요. 왜냐고요?

엄마가 돌아왔으니까요.

그걸로 충분하거든요.

안녕히 계세요.

속만 썩이던 제자 마은수 올림